現代異談
北関東心霊地帯

籠 三蔵

竹書房
怪談
文庫

目次

※本書は体験者および関係者に実際に取材した内容をもとに書き綴られた怪談集です。体験者の記憶と主観のもとに再現されたものであり、掲載するすべてを事実と認定するものではございません。あらかじめご了承ください。

※本書に登場する人物名は、様々な事情を考慮してすべて仮名にしてあります。また、作中に登場する体験者の記憶と体験当時の世相を鑑み、極力当時の様相を再現するよう心がけています。今日の見地においては若干耳慣れない言葉・表記が記載される場合がございますが、これらは差別・侮蔑を助長する意図に基づくものではございません。

まえがきのようなもの

この本を執筆している二〇二四年の、夏のことである。

その日は「地獄の釜の蓋が開く」と言われる、いわゆる八月十三日、迎え盆の日であった。家内の郷里の下北の町でも、仏壇に供物を用意して、代々の御先祖様の墓で迎え火を焚《た》き、檀那寺《だんなでら》に御先祖様を迎えに行く。恐らくは日本全国新盆・旧盆を含めて、どこでもほぼ同じ行程の行事であり、家内と私は例年通りに迎え火を焚いて、御先祖様をお迎えした。

ところが。

迎え盆ということで、いつもは厳《おごそ》かな空気を湛《たた》えているお寺の本堂が、今年はやけに騒がしい。見ると六歳から九歳位の子供らが七、八人、堂内を所狭しと走り、鬼ごっこをしていて、祈祷壇の太鼓や磬子《けいす》を乱雑に叩きまくっているのだ。さながらデパートのキッズルームの様相である。

そして驚いたことに、父親らしき二人の男性は、子供らに混じって一緒に太鼓を叩いたり、鬼ごっこを喜んでいる。母親らしき三人の女性はそれぞれのおしゃべりに夢中で、更に祖父らしき人物は、彼らの「暴挙」をただ、にこにこと眺めているだけなのである。

（はて？　自分らがこの位の年頃って、お寺や神社でこんなことをしていたら、真っ先に祖父母や両親に叱られたものなのだが……）

私の母方の実家は、一時、埼玉県某市の天神社の敷地内にあったことがある。神職不在の神社でもあり、広々とした境内《けいだい》は近所の子供たちの遊び場も兼ねていて、私もそこに入り混じって一緒に遊んだ記憶は鮮明に残っている。

だが実家の伯父伯母からは「境内はいいけど、拝殿周りでは絶対遊ばないように。神様に失礼だから」と言い含められており、そのルールは私だけでなく、地元の子供たちからもきちんと守られていて、鬼ごっこをしていても、拝殿周りに逃げる子などいなかったのである。

またお寺に出向いても、そこは常に厳粛な場であり、騒ぐ子供など見掛けなかったので「寺社とはそういう場所なのだ」という摺り込みが自然に醸成されていたのかもしれない。どちらにしても「神社やお寺で粗相《そそう》をしてはいけない」という倫理観は、十歳あたりまでに出来上がっていたと思う。

それがどうだろうか。

ご先祖様をお迎えする厳かな迎え盆の日に、お寺の堂内で、これだけの数の大人、しかも親族が側に居て、誰も子供たちの騒ぎを注意しないどころか、一緒になって祈祷壇や仏具で遊んでいるという事態に、私の脳は束の間フリーズしてしまったのである。

妻と私と義弟、そしてふた組の参拝者がお参りをしている間も、子供らは堂内で爆走を続け、下げられていた御札を叩き落とし、残りの子らも太鼓や木魚を騒がしく鳴らし続け、母親たちは笑い声を憚《はばか》らずお喋りに夢中という、無作法《ぶさほう》（？）な光景はずっと続いていた。

このお寺にも、何年か前から「お参りの際にはマナーを守って、他の方のご迷惑にならないようにしましょう」という趣旨の張り紙が貼られているのを見受けてはいたのだが、その実態をまともに目撃してしまったわけである。まさか祖父の代からお寺の本堂を遊び場と勘違いする輩《やから》がいるとは想像も付かなかったわけである。送り盆のあと、この家族の御先祖様らは「彼岸」へ戻った後、向こうでかなりきついお灸を据えられてしまうのではと思った。

そしていま現在、こうした寺社仏閣とは、またお盆やお彼岸やお正月といった習慣や行事、そしてそこでの作法や礼節というものは、一般的にどんな捉え方をされているのだろうかと、この大人達を見て、考えさせられる出来事でもあった。

巷《ちまた》では多様性という言葉が流行《はや》っている様子である。

はて、それはどういう意味合いの言葉なのかと検索を試みると、「いろいろな種類や傾向のものがあること。変化に富むこと」（出典：デジタル大辞泉）という解説がヒットしてくる。

だがそれは反面、先の事例のように「お寺で遊ぶのがなぜいけないのか。子供は喜んでいる。個人の自由を侵害するな」とばかりに規則や規約とされていた事柄が少数意見、個人の尊重という名のもと、容易《たやす》く破られ、踏み越えられてしまう世の中へと変わった気もしている。

確かに「行事」「伝統」「風俗」「風習」、それら古くから継続されてきたものたちの中には、時代遅れとなり野蛮と判断されたものがいくつも存在して、それらが先人らによって淘汰されてきたことも事実である。

ただ、古くからの戒《いまし》めの中には「どうしてそうしなければいけないのか」という先人達の知恵も含まれている。

科学万能の時代と違い、恐らく経験値的に積み重ねられた「危険な何か」、それが禁忌であり、戒めでもあったのだろう。こういったものが現在、多様性、個人主義という理由を盾に、いとも簡単に破られているのを筆者はあちこちで垣間見ているし、またそういったものを知らなかった故の災禍《さいか》に見舞われた事例を数多く耳にしている。

これまでは「一部の人間」「罰当たり」という枠内で括《くく》られていたこの項目が、多様性という言葉の名の下で世に蔓延するとしたら、これはやがて、とんでもないことへ発展するのではないかと筆者は危惧している。そこで本書では異談・怪談の最も根底的な領域である「禁忌を踏む」を念頭に話を纏《まと》めてみることとした。

ただ禁忌といっても殺人、人肉喰い、近親相姦のようなアングラなものではなく「つい最近まで、ごく普通の常識として守られてきたはずのもの」という、緩い範疇の事柄を指していると思って戴きたい。つまり、この令和の世は、そんなことすらおろそかになりつつあるということなのだ。

本書に蒐集された「話」を踏まえたうえで、読者の皆様が、今現在の自身の立ち位置を振り返ろうと考えて戴ければ、誠に幸いに思う次第である。

それでは再び「異談」の世界へとご一緒に。

オーラの色

巷でいわれる「体験系怪異談」を綴るようになってから、ある一定の時期、既刊で詳しく書いているが、私自身の身の回りには不可思議な現象が多発するようになった。

いわゆる「話の障《さわ》り」と呼ぶべきそれらに対する防御手段をある程度研究して、現在はほぼ皆無となっている次第ではあるが、その反動だろうか、今度は出先・取材先で怪異に巻き込まれるようになってしまった。そして、取材先で体験者さまから「大変霊感がお強いですね」と言われることもよくあったりするが、私自身は決して霊が見えるといったタイプではない。

他の怪談作家の方々に尋ねたところでは、私ほど顕著な怪異に見舞われることは殆どないという。これはどういうことなのだろうか。

まずは異郷シンガポールで経験した、私自身の不思議な話を綴ってみたい。

今から十数年ほど前のことになるが、私は家内と共にシンガポール旅行に出掛けた。この時の渡航は私が三回目。家内は二回目である。一回目のシンガポール渡航はその時所属していた会社の社員旅行であったが、二度目の個人旅行の時に、ツアーガイドに付いていた中国系シンガポール人から「この街は風水やオカルト知識があちこちに組み込まれている場所よ」と興味深い話を聞き齧《かじ》った。

たとえば、有名なマーライオン公園の近くに架かるヘリックス・ブリッジという大きな橋は、その規模の割に車は殆ど通行していない。なぜなら、そこは「龍が通る橋」だからだという。この場所に橋を架けることにより「気脈＝地龍」の気が街中を効率よく巡るようになり、経済が活発化すると都市設計の風水師が判断したからだそうだ。またシンガポールの地下鉄ＭＲＴは、路線を開通させる時に乗客らが地脈の龍の障りを受けぬようにと、切符を購入するべきコインに魔除けの意味合いを持つ「八卦《はっけ》」がデザインとして取り入れられ、その硬貨は「ドラゴンコイン」とも呼ばれている。また、日本では墓地跡などに家を建てると障りが出るという逸話が数多く存在するが、こちらでは逆で人通りが賑やかになるといわれ、

「義安城」と描かれた巨大な店舗をオーチャード・ロードに構えているシンガポール高島屋などは墓地跡に建てられているのだという。

日本とは価値観や観点の違う、異国のオカルト事情。

これはもっと面白い話が聞けるかもしれないと、三回目のシンガポール渡航にはオプショナルで設定されている、風水ミステリーツアーなるものに参加したのだが、その時付いたフィリピン系の女性ガイドは熱心なキリスト教徒だった様子で、私が「ミステリーを蒐集している」と告げると「ノー！　キリスト以外、皆サタン！」と大声で詰《なじ》られ「そんなものに関わってはいけない！」と睨まれ意気消沈してしまった。再びの見事な宗教観の相違である。

因《ちな》みにこの女性ガイドは、後にシティ・エリアにある高層ホテル、ウェスティン・スタンフォード（現・スイソテル・ザ・スタンフォード）の風水構造「霊が通る通路のため、人間の通行禁止」と書かれた廊下の注意書きを見事に無視して、フロントから追い掛けてきた中国人コンシェルジュとその場で激しい宗教論戦を繰り広げるというほどの猛者でもあった。

そんなケチのついた案内ツアーであったが、占いや風水のグッズを多く取り扱うブギスという街のフォーチュン・ガーデンズというビルに立ち寄った時「ここ、オーラカメラというのがある。記念にやっていくか？」と先の女性ガイドから声が掛かった。

オーラ（霊光）カメラとは、細かい理屈はわからないのだが、簡単にいってしまえばその方の性格や指向性をセンサーで読み取り、それを合成写真として現すものだ。当時愛読していたオカルト雑誌などにも取り上げられていてその存在は知っていたが、撮影代が七千〜一万円と高価であり、信憑性を確かめない限りその金額を出すには勇気がいるので試したことはなかった。

「それ、いくらくらい掛かるの？」とガイドに尋ねると、当時の日本円で二千円程だという。日本でのオーラカメラ撮影代に比べれば破格に安い。異国の怪談話が聞けなくなった以上、何かしら別の収穫を得たかった私はＯＫを出した。

「私はキリストしか信じていないので、外で待っている」というガイドはそそくさとビルから出てしまい、私と家内はマレー人らしい女性鑑定士の説明を受けて、オーラ写真を撮影することとなった。撮影方法は簡単なもので、カメラ前の椅子に座り、脇に置かれたセンサーの上に右掌を置く。ＯＫのランプが出た時点で鑑定士がシャッターを切るという寸法だ。

どういったものなのかを観察するため、家内を先に撮影してもらう。

かしゃりとシャッターが切られ、写真はポラロイドの様子で数分で画像が浮かんでくる。出来上がった写真は上半身像。

それを全体的に黄色と橙色の色彩が覆い尽くしている。

「あ～アナタ非常に元気、エネルギッシュでとても健康、お洒落とか、お出掛けとか、お買い物大好きな方……」と女性鑑定士がそう答える。

実はこう見えても私は怪談綴りのはしくれである。

従ってオカルト知識の上っ面な部分はある程度心得ており、書籍などでオーラの色彩が示す意味も概ね知っていた。黄色・橙色、ともに健康や元気を意味する色彩だ。教科書通りの回答だなと心の中で思っていたのだが。

鑑定士の女性は一度言葉を切った後、

「……でもね、彼女、いまとってても喉ガラガラしてる。水分たっぷり取った方がイイ。いっぱいお水飲む、イイヨ」

おや、と私は首を傾げた。

実は家内はシンガポール到着の晩辺りから、喉がガラガラしていがらっぽいと、しきりに気にしていたのである。えっ、当たってる？　と思ってから、よく考えれば成田から空調の効いた飛行機の中に六時間も閉じ込められているのだから、旅行者は機内の乾燥で喉を痛めてしまう者が多いのかもしれない。そういったことを見込んだ、観光客相手の模範回答なのかもしれないと気を取り直した。

「次は旦那サン、行くヨ」

女性鑑定士の声が掛かる。よし、何かそれらしいことをいってくるなら看破してやろうと、そんな期待半分で撮影台に掛けたわけなのだが。

最初は私の写真も家内同様、無難な回答を導き出せる黄色や橙色で占められるかと考えていた。ところが出来上がったポラロイドの全体色は青で彩られている。

女性鑑定士が妙な顔をしてこちらを見た。

「アナタ、宗教関係のヒト？」

「はい？」

突然の質問にカウンターを食らった気分になった。ご存じのように私は宗教関係者ではない。しかし本書のページを捲《めく》られている方ならおわかりのように、私は神仏系の怪談異談を得意としている。従って宗教とはまっさら無関係とは言えなくもない。とはいえその質問は誘導の可能性もあるなと、私はしらを切った。

「心当たりありませんけど……」

「駄目。ウソついてもワカルよ。この色出るのは宗教のヒトに多い。教祖、釈迦、キリスト、そっち関係ネ」

「いえ、全然……」

するとマレー人の鑑定士は写真の所々に散らばる別の色彩を指差して、

「ここの肩の辺りにある紫、コレ妖精、精霊、超自然、頭の白いのはカミサマとか天使、そういうの指す。こんなの出るの宗教者とか、そういうものに関わりの深いヒト」

ここまで断言されて、返す言葉が出なくなった。

果たしてこの国に「怪談作家」という職業は存在するのだろうか。

正直な話、日本国内でも業界の片隅でしか知られていないであろう存在であるし、ましてやここはシンガポール、しかも本名で旅行しているのだから、この鑑定士がそんな私の裏の顔を知っている訳がない。

「でねアナタ、これ見るといまオーラの色とても薄い。疲れている。あんまり奥さんにひっぱり回されないようにネ」

マレー人の女性鑑定士は、家内が説明の途中でトイレに立った時、小さな声で駄目押しのようにそう呟いたのである。

本当にその通りであった。この旅行の前日まで、私は本業が残業続きでかなりくたびれており「旅行大丈夫かな？」と体調を案じていた程であった。

表面こそ平静を装い、再び心当たりがないと嘯《うそぶ》いていたものの、私は内心「うーん」と首を捻《ひね》っていた。

余談ではあるが「青いオーラは身体を冷やすので、暖色系のブレスをつけろ」といわれて、二十シンガポールドル程度のお薦め天然石ブレスを、その場で購入した。ビルの出口では件《くだん》のフィリピン人ガイドが待っていて「面白かったか？」と尋ねてきたので「それなりに」と笑って答えると「私はキリスト以外、皆サタンだけどね」と無味な返答が再び返ってきた。

それにしても、なぜこのマレー人鑑定士はその写真一枚を見るだけで、私と家内の情報をそこまで引き出せたのだろう？　単なる当て勘だとしたら、それはもはや超能力＝異談の部類に入るとみても差し支えないかもしれない。

そしてこの鑑定士がいった通りであるとすれば、どうして私のオーラがそういった色彩を放っていたのかも、これまた謎である。

ひょっとして、数多くの怪談・異談に関わり、手掛けている内に、自分自身がそういうものへと変異変質してしまったのではと考えなくもない、今日この頃でもある。

遺影集団

これは、私が三十代の頃に体験した出来事である。

その頃の私は、当時執筆していた伝奇小説の取材で、筑波山《つくばさん》周辺の伝承地を愛車スカイラインで巡っていた。

現在のように調べたいことをネット検索で一発とはいかなかった時代背景と、またその土地特有の空気感を肌で感じ、それを作品に取り込みたいという目論見《もくろみ》もあったからである。

この時もそうした伝承地巡りの帰りがけで、季節は本格的な夏に差し掛かった辺りだった。当時付き合っていた彼女を助手席に乗せて県道を走り、幾つかの史跡を巡って、東京への帰途に就いていた時である。時刻は午後四時半になろうとしていたが、日はまだ高く周囲は明るい。

ふと帰りの道沿いに、もう一か所伝承地があることを思い出していた。

そこは結構な規模の社殿を構えた神社であり、前回の探訪時には縁日が行われていてたくさんの出店や参拝者でごった返していたため、あまり探索が出来なかった場所でもある。

夕方だから社務所などはもう閉まっているだろうが、折角のチャンスである。私は隣の彼女に「もう一か所寄りたい所がある。前に寄ったあの神社」と告げて、そこへ向かう市道へとハンドルを切った。

ところが、神社へと向かう道に逸れて幾らもしないうちに、周囲が重い空気感に包まれるのを感じ取った。

夕方の田舎道なので対向車も人影の姿もないのだが、まだ陽射しは強く周囲は昼間並みに明るい。それなのに背筋がゾクッとするような、不安に駆られる気配が漂っている。

(おかしいな。ここ、こんな場所だったかな?)

前回立ち寄った時は、参拝者で賑わっていたせいもあるのだろうが、どこか寂しげな坂東《ばんどう》市の国王《こくおう》神社や北山古戦場跡と比較すると、ずいぶん雰囲気の良い場所だったのだ。

胸騒ぎを覚えて助手席の彼女を見ると、こちらも表情が固い。

「……ねえ、ここって、こんな感じの場所だったっけ?」

どうやら同じ感覚を覚えているらしい。

いまの私なら、目的の場所が心霊スポットで、こうした気配を感じたならすぐさま踵《きびす》を返して探訪は中止していたと思う。しかし相手は神社であり、夕方とはいえ周囲もまだ明るい。しかも既に一度訪れていて、空気感を確かめたことのある場所である。あの時と違って賑わいがないからじゃないかと口にして、愛車を彼の神社の駐車場に乗り入れた。

鳥居を潜り抜け、拝殿前に立つと、ちょうど巫女さんが賽銭箱の賽銭を回収しているところで、社務所はたった今閉じたらしい。しかし境内の空気感は明らかに前回と違う。これはどういうことなのだろうと私は首を傾げた。

好奇心が先走る。

当時スマホはおろか、デジカメすらない時代であったので、私は愛用していたフィルム式カメラを取り出し、取材資料を得るべく境内のあちこちにシャッターを切り始めた。

「……ねえ、なんか怖いよ。早く帰ろうよ」

彼女がシャツの袖を引っ張る。やはり違和感を覚えているのは私だけではない。今であればさっさと現場から退散するのだが、その当時の私はまだ「若かった」とでもいえばよいのだろうか。閉じているとはいえ社務所の中にまだ人も居る様子であるし、その言葉を聞き流した。

そして、この神社の拝殿裏にも摂社が幾つかあったことを思い出した。

「……あともう少しだけ」

そう口走りながら、拝殿に繋がる渡り廊下の下を潜って、裏手の摂社に手を合わせようとした瞬間、背後にある奇妙なものが目に入った。

摂社の少し先に、古札を納める納札所があった。

そこに、奇妙なものが立て掛けてあるのだ。

Ａ４版ほどの大きさの、黒い枠の額縁《がくぶち》に入った老人と老女の二枚の写真である。厳しい顔つきの視線が、ガラス越しにこちらを睨んだ気がした。

遺影。

そんな言葉が脳裏を過《よぎ》る。

ふと見れば、立て掛けられたその二枚の額縁の側には、新聞紙に包まれた額縁らしきものが、二十枚近く積み上げられている。

(これか！)

周囲を包む異様な空気の正体を察知した瞬間、彼女が渡り廊下を潜ってこちらへと来るのが見えた。

「来るな」

側に来ようとする彼女を制して、私は速やかにその場を立ち去ろうとしたが、一瞬遅く「遺影」を捉えた彼女の口から、「ひっ」と悲鳴が上がった。

「行くぞ」

私は彼女の手を引っ張りながら、拝殿の裏手から慌てて抜け出した。

頭の中で思考が駆け巡る。

神社の納札所には、時折、曰くの付いたような人形やぬいぐるみ、品物などを無断で投棄する輩がいるらしく、そのようなものを棄てるなという注意書きがあったりする。

だが、さっき見たものは、明らかに遺影であった。

しかもその脇に積まれたものも含めれば、明らかに二十枚以上はあっただろう。なぜそんなものが神社の納札所に無造作に投げられているのか。

何者かが「それ」を神社に不法投棄していった、そうとしか思えなかった。だからこそ、こんなに空気がおかしいのだ。果たして怒っているのは遺影を棄てられた故人なのか、はたまた神社の祭神なのだろうか。理由を考えている暇はない。長居は禁物だった。

「……ちょっと、さっきの何なのよ！」

彼女が柳眉《りゅうび》を逆立てて声を上げる。

「いいから黙って……！」

「あれが原因なんでしょ？　だから早く帰ろうっていったのに……！」

金切り声を上げる彼女を引き摺って、私は一刻も早くこの場を立ち去ろうとした。経験則からすれば、さっき彼女が騒いだせいで、あの遺影の主らに目を付けられた可能性がある。

ヤバいものを見た時は、見て見ぬふりをする。

これが鉄則なのだが、得てして女性はパニックになり大騒ぎを始めてしまうパターンが多く、過去に彼女にも何度かあった。

ホラー映画でよく見掛ける、お馴染みのシーンだ。

「あれ何なのよ、説明して……！」

それを口走ったら「気付いている」のがバレてしまう。

あんなのに関わったら大変だと口を噤《つぐ》んだまま、私は彼女を引っ張って参道を抜けようとした。ちょうどその時、鳥居の向こうから、小学生位の男の子と女の子を連れた親子がこちらに向かってくるのが見えた。

人の姿を見たことで心強くなった私は、そのまま参道で親子とすれ違い、彼女を引っ張ったまま、鳥居を潜って一目散に愛車の方へと向かった。

ところがここで、実に信じられないことが起こった。

「待って、トイレ、トイレ行きたい……！」

車まであと少しというところで、突然彼女がそう騒ぎ出したのだ。

まるで映画かマンガのような展開である。

一触即発のこの場面で、トイレはないだろうと私は舌打ちした。

だが変に自分が取り乱せば、そのパニックは伝染する。そうしたらもう手が付けられない。

何しろ相手は神社の空気も変えてしまう、得体の知れない遺影集団なのだ。

私は駐車場の隅にあるトイレの方へ向かって「早くな」と彼女を促した。

「ここに居てよ、ここに居てよね！」

少しくらい我慢出来なかったのかよと筋違いな腹立ちを覚えつつ、私はトイレの前で立ち尽くし、彼女を待った。

周囲はまだ明るく、拝殿前にはさっきの親子連れの姿も垣間見える。

落ち着け、落ち着け、相手に悟られるなと視線を地面に落とし自分に言い聞かせていた、その刹那。

目の前で何かが強烈に光った。

カメラのストロボにそっくりな、白い閃光だった。その数は全部で七、八個。俯《うつむ》いた私の視線の上方で点滅しているのである。

すうっと臓腑が冷え切った。取り囲まれている。

納札所に居た「あれ」が、今、目の前に来ているのだ。

(こんなものに関わったら、大変だ)

出掛かった悲鳴を噛み殺す。彼女はまだトイレから出てこない。

再び視線の隅で、複数のストロボを焚いたような、強烈な閃光が瞬《またた》いた。

そのまま、二度、三度と。

凄まじい圧と恐怖が、全身を過る。

(知らんふり、知らんふりだ……)

正直、彼女を置いて車に乗り、そのままエンジンを掛けて走り去ってしまいたい衝動に駆られていたが、紙一重のところで何とか耐え抜いた。

その時ガチャンと音がした。彼女がトイレから出てきたのである。

「逃げるぞ」

ここら辺が限界だった。

何かをいいたげな彼女を助手席に押し込み、私は車を急発進させて、その場を離脱した。

爆走するスカイラインが高速道路のインターを通過して、利根川を渡り切った辺りで、先ほど銀色に輝く光球の集団に囲まれたことを話すと「バッカじゃないの！　付き合い切れない……！」という、凄まじい罵倒の声が上がったのは言う迄もない。

そして後日、この日のフィールドワーク時に撮影したフィルムを現像に出すと、その中の一枚に、あの銀色の光を連想させる「人魂」がすうっと尾を引きながら、神社の拝殿の上を横切っている様子が写り込んでいた。

残念ながらこの写真は、私が怪談綴りとしてデビューする前に、怖いもの好きの女友達が見たい見たいとせがむので見せたところ「あの人魂が夢に出てきて怖いから何とかしてくれ」と懇願され、当時住んでいたアパートのベランダで、ネガごと焼却してしまった。そのため現在手元にはない。

神社の納札所に捨てられていた数十枚の遺影らしき額縁の正体は、今もってわからないままでであるが、あの調子では、所有者の元でかなりな障りを及ぼしていた品である可能性は大きい。

とはいえ、迷惑な不法投棄は勘弁してもらいたいものである。

覗き魔注意

高坂くんが関東地区の、とある大学に通うため、アパートを探していた時のこと。

そこは、単なるローカル線の駅があるだけの、取り柄のない地域だったが、十年ほど前に某有名大学のキャンパスが建てられてから開発が進んで駅名も変更され、高坂くんもまた、春からこの大学に新入生として入学予定であった。

そんな理由も相まって、キャンパス周辺の学生相手の賃貸物件は、そのほとんどが新築か、あるいは築五～六年以内の新しい物件であったそうだ。

駅前に大きな看板を構えていた不動産屋の扉を潜り、にこにこと愛想のいい営業社員と条件交渉を行って、それに見合う物件をいくつか下見することとなった。

その物件は、三軒目のアパートだったという。

建物は築四～五年ほど。

真っ白な外観の、いかにも若者受けしそうな、二階建ての洋風建築である。

不動産屋の社員が、持っていた合鍵でロックを解除して、扉を開く。

広さは2DK、風呂、トイレ別。二階の角部屋。

日当たりも良く、間取りもゆったりとしていて、それなのに家賃も相応。

間取りも設備も申し分なかったが、少々気になったのは、入学予定の大学からひと駅電車に乗らなくてはいけないことだった。


「……いや確かに、ひと駅乗らないといけないっていうのは不便かもしれませんけど、この設備と広さで×万×千円は、結構お得だと思うんですよ……」

スリッパを履いて室内に入った不動産屋が、シャッと音を立ててカーテンを開くと、ベランダからの景観を喧伝した。

「この通り眺めもいいし、バス・トイレも別々。収納もこんな感じでたっぷりですし、アパートなのにウォークイン・クローゼットなんかもあるんで女性の方の内覧が多いですし、これまで入居された方も、全部女性なんですよ」

　確かに間取りも設備も問題はなかったが、やはり隣駅だというのは面倒臭いし、家賃が予算よりわずかに高かったこともある。ちょっと惜しいが、高坂くんはこの物件はパスしようと考えた。

　しかし、そんな彼の心境などつゆ知らず、不動産屋はそのクローゼットの扉を開くと営業トークを畳み掛けてくる。

「どうぞ、良かったら中を歩いてみませんか。芸能人気分になれますよ？」

　ウォークイン・クローゼットなどに興味はなかったが、この後も数軒お付き合いさせて頂く営業マンの気分を損ねるのも何だと思い、高坂くんはクローゼットの中に入ってみることにした。

「それじゃ、ちょっと」

　扉を開いて数歩進んだ刹那、クローゼットの正面奥に人が立っていた。

　面白く無さそうな顔をした、作業着姿の中年小太りおじさんである。

「あっ、失礼しました」

　服装からして設備点検かなにかの作業員なのだろう。軽く頭を下げて、高坂くんはクローゼットから出た。

「いかがでございました？」

いや、中に作業員が居るのに、いかがもクソもないだろうと思ってから、そこで高坂くんは気が付いた。

（あれ、そういやここ、不動産屋さんが合鍵で鍵開けてたよな。玄関先に靴なんかもなかったし……）

なんとなしに事情を呑み込めた高坂くんは「いや、なかなかいいですね」と呟きながら、次の物件が見たいと不動産屋を促した。

四軒目のアパートに向かう最中、女性に人気の物件とかいっていたのに、どうして僕を案内したのかと尋ねると「いやー、たまたま空いていた掘り出し物でしたので……」と軽くはぐらかされたそうである。

「一軒だけ隣の駅だったんで変だなと思ったんですよ。女の子の入居者ばかりというのも合点がいきましたし。あのおっさん、ああやってずっとクローゼットの中に居て男が来たら追い返して、そっち系に鈍感な女の子の着替えとか眺めて、日々うっとりしてたんでしょうね」

物件選びは慎重に、と高坂くんは締めてくれた。

ひとりかくれんぼ（一）

「ひとりかくれんぼ」とは、平成時代を代表する日本の怪談であり、また都市伝説であるともいわれている。

これはある大学のサークルが都市伝説の広まり方を研究するため、意図的に流布した話との説がある。こっくりさん同様の降霊術の一種で、先のこっくりさんが複数で行われるのに対して、こちらは題名の通り「一人で幽霊を呼び出す方法」ということになっている。

その方法はというと、まず手足のあるぬいぐるみを用意して、中身の詰め物を取り出し、指定された自身の爪や米などを布で包み、赤い糸で巻く。

そしてぬいぐるみに名前を付けて、午前三時になったらそのぬいぐるみに向けて自分が鬼であることを告げ、水を張った湯船に浸《つ》ける。そして家じゅうの灯りを消して十数える、そして風呂場に戻って「見つけた、今度はそっちが鬼」とぬいぐるみに告げる、大体手順はこんなものである。それを実行した人の中で怪奇現象に見舞われたという報告が、ネットの某巨大掲示板に多数寄せられた。

東京にお住まいの弓月さんはオカルトマニアで、本物の幽霊を一度でいいから見てみたいと願う、この手のよくあるタイプの人間でもあった。

ちょうどこの頃、巷では「ひとりかくれんぼ」がブームとなっており、映画化までされるくらい話題に上がっていた。もとより弓月さんは「本物を見たい」と願っているオカルトマニアである。だが、彼女の周りには同種のタイプが存在しなかったために、こっくりさんやその亜種である降霊系の実践に付き合う人間など皆無で、欲求不満に陥っていた。

ところがテレビやネットで「ひとりかくれんぼ」が取り上げられるようになると、これだ！とばかりに飛びついて、その手順を詳しく調べてみようと思い立ったのである。

その週末の深夜。

弓月さんはアパートの自室で巨大なビーズクッションに凭《もた》れながらノートパソコンを開き「ひとりかくれんぼ」の実行方法を検索していた。

（えーっと、なになに？　まず、ぬいぐるみを用意して、名前を……）

　画面に表示される文章を読みながら、弓月さんは自室をベースにして、脳内でその光景を再現していた。

（ぬいぐるみの中身を抜いて、自分の爪と米を入れ、赤い糸で縛り……）

　その刹那、部屋の空気がすっと変わったような気がした。

　驚いて周囲を見渡すが、特に目立った変化が起きているわけではない。

（なんだ気のせいか。意外に小心者だな、自分……）

　苦笑いをしながら再びパソコンに目を戻して、手順の続きを読み始める。

（ぬいぐるみに名前を付ける、か。○○ちゃんがいいかな……？）

　遠くでミシリと、なにかが軋《きし》んだような気がした。再び顔を上げて周囲を見回す。

　電源の切られたテレビ。コチコチと時刻を刻む壁時計。

　遠くで自動車の走り去る音。いつもと変わらぬ夜の静寂。

（いや、思っていたよりビビリだぞ、自分……）

　ちょっとした物音に、いつも以上の神経質さを感じている自分が可笑《おか》しく、弓月さんはわざと声を出してケタケタ笑った。そしてマウスを操作して下方へと画面をスクロールする。


【実行方法】

名前を付けたぬいぐるみに、自分が鬼であることを告げて、午前三時になったら水を張った風呂場に連れていき、バスタブに浸ける。そして部屋に戻り、家じゅうの電気を消した後、その場で十秒数える。そして風呂場に向かい、次は「○○ちゃんが鬼」と声を掛ける――。


その刹那。

とさっ、と彼女が寄り掛かっていた、大きなビーズクッションの上部に、なにかの重みが加わった。何かが空中から現れて、そこに飛び降りたような感覚。

背後の頭上から漂う気配と視線。

振り向いて正体を確かめたいという気持ちと、駄目だという気持ちがせめぎ合う。

すると。

とさっ、とさっ……。

ビーズクッションに乗っていた、背後の何者かが、明らかに二歩動いた。

弓月さんは、咄嗟《とっさ》にパソコンの電源コードを引き抜いた。プツンと小さな音が聞こえて画面が閉じると、気配は不意に消え失せた。

「何かが来たというのは分かったんですが、あの軽い足の感触は、人間のそれじゃなくて、もっと軽いもの、たとえばぬいぐるみみたいな感じの……」

弓月さんは溜め息混じりに、こう続けた。

「あれ結構ヤバいですね。方法検索して脳内再生していただけで、降りてきちゃうんですから。もう幽霊見たいとか思わなくなりました」

ひとりかくれんぼ（二）

その晩、芹沢さんの住んでいたマンションには、高校生の娘の友人であるソフトボール部のチームメイトが遊びに来ていて、リビングで当時流行っていたニンテンドーＤＳを弄《いじ》りながら盛り上がっていた。

時刻は夜十時を少し回っていたが、週末ということもあり、この友人は外泊していくこともしばしばだったので、遅くまで滞在していても別段気にもしていなかったそうだ。その日のプレイソフトは、当時流行っていた都市伝説の謎を解いていくという人気ホラーゲームだった。後に娘たちに聞いたところによると、その時ちょうど彼女らが操作していたパートは、件の「ひとりかくれんぼ」のやり方を正確にコピーしていたという。

まずぬいぐるみを用意して、爪、赤い糸、米、塩、水、コップ、刃物を準備、そしてぬいぐるみの内側を取り出して、作成した詰め物をそこへ詰め直し、タッチペンでクリックすると、その画像に刃物が突き立った。

「うわ、怖……」

「えーどうすんのこれ」

「ブッスリやったー、えぐいー」

娘たちがゲーム操作に盛り上がっている中、一人でテレビを見ていた芹沢さんは、その違和感に気が付いた。

玄関や浴室へと繋がる廊下の辺りから、小さなものが歩き回っているような、ペタペタと湿った足音が聞こえてくるのである。

(えっ、なにこれ?)

背後では「超リアルー」「きもいー」と騒ぐ二人の声が聞こえていて、不審な足音に気付く様子はない。


ペタペタ、ペタペタ、ペタペタペタペタペタ……。

その時、芹沢さんは「ひとりかくれんぼ」という名称こそ知っていたが、それがどういった性質のものかはまったく理解していなかったそうで、娘たちのしていたゲームの内容と、いま起こっている奇妙な足音の原因は、脳内でまったく結びついていなかったという。

（やだ、ちょっとちょっと、気持ち悪い！）

辺りを見回しながら、芹沢さんがそう思った時だ。

「誰だ、てめぇ……！」

もの凄い怒号が響き渡った。隣の部屋で既に就寝していた芹沢さんの旦那さんの声であった。

その怒号が聞こえると共に、玄関や浴室周辺を走り回っていた足音は消えてしまったのだが、娘と友人は、自分たちが騒ぎ過ぎたと思ったのか、ゲームの電源を切って、訴えるような目付きで芹沢さんを見つめている。

「ちょっと、あなた……」

てっきり娘たちを怒鳴ったものだと寝室の扉を開けた芹沢さんは仰天した。

なんと、旦那さんは安らかに寝ていたのである。

目を覚ました彼がいうには「夢」を見ていたのだという。

寝室で寝ていると、窓が音もなく、すっと開いて、窓枠に手が掛かり、続いて髪の長い女の顔がこちらを覗いたのだ。

おやっと思っていると、その窓から入ってきた女は、旦那さんの顔を覗き込んでから、部屋の扉をすっと通り抜けて家じゅうを歩き回っている。なんだこれはと思っていると、また扉を擦り抜けて部屋に戻って旦那さんの顔を覗き、再びリビングの方へと戻っていく。

そんなことが繰り返された数度目に、とうとう旦那さんはブチ切れて「誰だ、てめえ！」と怒鳴り付けると女は消えたので、夢かと思ってまた寝入ってしまった。

「寝惚《ねぼ》けた旦那の第一声が『そっちになんか変なものが行かなかったか〜』だったので驚いたんですけど、私が玄関や浴室から聞こえた足音のことを話したら、その時に娘たちが『これのせいじゃないか』と言い始めて泣き出しちゃって……。その時初めて『ひとりかくれんぼ』っていうものの意味を知ったんですよ。まさか降霊術だなんて、思ってもみませんでした……」

芹沢さんはそこで言葉を切ると、ペンを走らせていた私に向かって、

「ああいうものって、丁寧に再現しちゃうと、やっぱりマズいんでしょうね」と結んでくれた。

分離帯

東京在住の新見さんが、所用で福島の友人宅へ車で出掛けた時のこと。

自宅を出たのは午後七時頃だったという。

秋口のことで、既に日が落ちて、周囲はすっかり真っ暗になっていた。

御主人の運転で最寄りのインターから首都高速に乗り、そのまま小菅《こすげ》インターチェンジを通り過ぎて、常磐道方面へ向かう。

三郷《みさと》インターを通り過ぎた辺りで、眼下に広がる街並みの光はぽつぽつと減り始め、自動車道の周辺には闇の蟠《わだかま》りが目立つようになってきた。

やがて、次の柏《かしわ》インターに差し掛かろうとした時。

自動車道の真ん中には、当然ながら上り車線と下り車線を隔てる中央分離帯があり、その真ん中にはアルミ製のフェンスが設けられている。

ぼんやりとその分離帯を眺めていた新見さんの視野に、へんてこなものが飛び込んできた。

少し先の中央のアルミ柵の真上に、何か白っぽいものがいる。

(なんだろう、あれ?)

道路は空いていて、車は車線の一番右側を走っていたが、ハンドルを握る御主人にそれを気にする様子はない。普段から自分の視力を自慢している人間であったから、なおさら妙だ。

訝《いぶか》しみながら分離帯を凝視していると、やがてその白っぽいものが、鮮明な画像として形を整え出した。驚いたことに、それは背の高いアルミフェンスの上に腰掛けた、ブラウスにスカート姿の女性であったという。

新見さんらの走っている下り車線に背を向けて、上り車線を走る車の姿をぼんやりと眺めている、そんな印象であった。

一瞬、事故か故障で救援を求めているドライバーなのかとも思ったが、周囲に頓挫している車輌などなく、道路には赤いテールライトの列が流れている。

やがて新見さんらの車は、フェンスの女性まであと百メートルというところまで接近したが、御主人はそれに気付いた素振りもなく、スピーカーから流れるロックのBGMに合わせて、呑気に鼻歌を口ずさんでいる。

車が女性のすぐ脇を通過した刹那、新見さんは「ぎゃっ！」と悲鳴を張り上げ、運転席の御主人が「どうした！」と振り向いた。

新見さんらの乗った車が、先の女性の背後を通過した瞬間、突然その首が百八十度回転して、彼女の顔をぎろりと睨み据えたそうなのである。

二十代そこそこの、まだうら若い女性であった。

「俺には何も見えなかったが……」と呟きながらも、御主人曰く「あのインター周辺は出口付近がよく混み合って渋滞し、強引に車線変更を試みる車輛同士の事故が後を絶たない場所」だそうである。

「その中には当然、死亡事故も含まれるんでしょうね」と呟いて、新見さんはこの話を結んでくれた。

亀裂

家内の同僚の竹下さんが、まだ地元の富山県にいた時の話である。

その頃、竹下さんとお付き合いのあったケンジさんは、個人請負の配送ドライバーをしていて、配達やら引き取りやらと毎日が目まぐるしく、仕事の上がり時間もはっきりしない環境だった。そのため、竹下さんがドライブ兼仕事のサポートという名目で彼の軽トラックに同乗することがしばしばあった。

その日も地元の富山から埼玉の入間《いるま》へと長距離の配送が入り、竹下さんは助手席に陣取りながら、ハンドルを握るケンジさんと他愛のないお喋りを交わしつつ軽トラックは関越道を南下していた。季節は一月の寒い頃だったという。

時刻は深夜一時を回った頃だ。

運転席のケンジさんが突然、フロントガラス左側を見て奇妙な台詞《せりふ》を吐いた。

「今、一瞬、人の顔みたいなものが……」

すると突然、ビシッという鈍い音。

軽トラックのフロントガラス左側に、突然亀裂が走った。

(えっ、飛び石？)

彼女は驚いて目を丸くした。


奇妙な空気を醸し出しながら、軽トラックは近くのパーキングに立ち寄った。

損傷が走行に支障ないかを確認するためだ。

ドアを開いたケンジさんが、車の前方に回って割れたフロントガラスの具合を見ていると、不意に彼の携帯電話が鳴り響いた。

「もしもし……？」

電話に出たケンジさんの顔が強張った。

「えっ、嘘だろ……？」

「どうしたの？」

空気を察した竹下さんは、車から降りると彼に声を掛けた。

「ナオヤが死んだ……」

「えっ？」

ナオヤというのはケンジさんの同級生だ。性格が正反対の二人であったが、お互い野球好きということで意気投合し、中学時代からずっとケンジさんがピッチャー、ナオヤさんがキャッチャーでバッテリーを組んで活躍していた。前日も社会人野球のチームで一緒にプレイしたばかりである。

ナオヤさんは穏やかで明るく思いやりのある人柄で、竹下さんも、彼ら二人の出場する試合に差し入れを持参してよく応援に行ったという。

そのナオヤの急死を知らせる友人からの電話だった。

原付バイクでの事故だったそうである。

「後から思ったけど、あの時見えた顔みたいなもの、似てるなと思ったんだ……。あいつ死ぬ間際、俺んとこに挨拶に来たんだ」

「ああいうことって本当にあるんですね」と、竹下さんは締め括ってくれた。

壺

こちらも竹下さんからお預かりした話である。

彼女のお母さんは八十三歳まで看護師として勤めていたそうだ。若い頃はお金に余裕がなく、その当時住んでいたのは石川県の某所にある寺町という、その名の通り寺ばかりがある町の、風呂無し・トイレ共同という長屋アパートだった。

理由は明快で「家賃が安いから」。

今日のZ世代には女性がそんなオンボロアパートで暮らすなどとは想像がつかないだろうが、お母さんは元々から性格が豪放磊落《ごうほうらいらく》で、看護学生だった頃は電気代の節約のために夜の学校の理科実習室などで勉学に励んでいた位の方であり、そういった細かいことはあまり気にしないタイプだったそうである。

ある日のこと。

病院での仕事が忙しく、夜遅く帰宅したお母さんは食事もそこそこにして早めに寝床に就いた。

ところが疲れているのに、目が冴えてしまってなかなか眠れない。

天井から下がる電燈のナツメ球の光に照らされた部屋で、何度か寝返りを打ち直していると、視界の隅を不可思議なものが横切った。

おやっと思って半身を起こす。何かが宙を漂っている。

それはまるで「蝶のようにひらひらと宙を舞う白いハンカチ」とでも表現すればよいのだろうか。呆然とするお母さんの目の前で、そのハンカチもどきは、部屋の中を暫《しばら》く彷徨《さまよ》った後、溶けるように消えてしまった。

さすがの豪胆なお母さんも恐ろしくなった。

ところが、翌日の晩も、翌々日の晩も、このハンカチもどきは枕元に現れて、ひらひらと漂い続ける。

(何か言いたいことでもあるのかしら?)

お母さんは湯呑みにいれたお茶を用意すると、視線を逸らし、頭を下げたまま、恐る恐るそれを差し出したそうだ。

そして三日目の朝。

枕元の畳の縁《へり》から、ちらりと何かが覗いている。

何かと思って引き出してみると、それは一枚の紙幣だった。その時代では使えない旧札だったという。

（お茶の御礼のつもりかしら？）

奇妙に思いながらも、お母さんは翌日も枕元にお茶を供えた。

すると再び畳の隙間から紙幣がはみ出している。

思うところがあって、そこの畳を外してみた。

すると床下に刳《く》り貫《ぬ》いた部分があり、そこには古びた壺が隠されてあった。

壺の中身はやはりお金だったのだが、どういうわけか壺の上、三分の一には旧紙幣、真ん中には四角い古銭（一分銀？）、そしてその下には円い古銭（文銭？）がぎっしり詰まっていたという。

お母さんは慌てて近くの交番に届け出たが、当時の警察はよほどのんびりしていたか、あるいは、いつの時代に隠されたのかわからない拾得物の処理が面倒臭かったのか「あなたが見つけたものだから、あなたの好きにすればいい」といったそうである。

貧乏暮らしをしていたお母さんからすれば、古銭商などに売ればそれなりの金額になったはずなのだが、正直者の彼女は、その古銭の入った壺を近くの寺に持ち込んで、ねんごろに供養してもらった。

結局、壺の持ち主の素性は最後まで判らなかったそうだが、以来「部屋の中を漂うひらひら」は二度と現れることはなかったという。

今から六十年ほど前の出来事だそうである。

三人

神奈川県にお住まいの看護師・小松原さんの体験である。

職業柄仕方のないことなのだが、小松原さんは過去に二度、新型コロナウイルスに感染している。だが、その二回目の感染時の症状がとても重篤だった。

咳が止まらず、四十一度の高熱が数日にわたって続き、解熱剤なども全く役に立たない。

自宅療養中のベッドの上で意識が朦朧《もうろう》としているだけの状態が何日も続いた。

(あ…これは、今回はもう死ぬかも……)

遠のく思考でそんなことを考えていた時、それは唐突に部屋の中に出現した。

彼女の横たわるベッドの傍らに立って、大福帳のような帳面を捲り、しきりにその内容を確認している様子だ。

それは黒い法衣《ほうえ》に袈裟《けさ》を纏った、三人の僧侶であった。

彼女がその様子を眺めていると、やがて相談事は纏まったらしく、中央に居たリーダー格らしい僧侶が進み出てきて、重々しく口を開いた。

「小松原由紀子。女性。昭和○○年×月△△日生まれ。これに間違いはないか？」

ぼんやりとした意識の中で頷くと、僧侶はとんでもないことを小松原さんに告げた。

「本年・即ち令和×年に寿命を迎える予定である。我々はそれを告げに来た」

寿命、と聞いて彼女は仰天した。

確かに今回のコロナの病状は酷い。死ぬかもなどと考えたりはしたが、こんな連中が唐突にやってきて「あなたはもう死にます」などと言われるとは露《つゆ》にも思っていなかった。するとこの三人は、俗に言われる「死神」というヤツなのか？

ぼやけていた意識が急激に明確化する。

（いや待て、私が死ぬだって？　まだそんな年齢じゃないよ。三十代なんだぞ？　いまの日本人の平均寿命の半分じゃないか！　いきなりそんなことを言われても困る！）

慌てて上体を起こした小松原さんは、リーダー格の僧侶に向かって苦言を捲《まく》し立てた。だが僧侶は「そう書いてあるのだから仕方がない」と例の帳面を突き出しながら、事務的に言い放つ。

こうなったら駄目元だと、小松原さんは覚悟を決めた。

突然そんなことを言われても困る。仕事には穴を空けているし、やり足りていないことがまだ沢山ある。旅行にも行きたいし、推しのバンドのライブにも行きたいと、考え得る限りの抗弁を捲し立て食って掛かると、何か思うところがあったのか、リーダー格の僧侶が残りの二人に目配せをした。

やがてリーダー格が「小松原由紀子」と再び彼女の名前を厳かに呼んだ。

「小松原由紀子。昭和〇〇年×月△△日、上州（群馬県）××郡△△村〇〇、この記述に間違いはないいな？」

その問い掛けに彼女が頷くと、僧侶はこう告げた。

「お前の三十八に二本線を足して、五十八としよう。お前の生家の裏に、塚と石碑がある。まずそこを綺麗に掃除して、月末ごとに供物を供えるようにするべし。それが条件となる」

そうしてリーダー格の僧侶は、彼女の寿命を記してあるらしいページを見開いてみせた。あまりにも達筆で何が書いてあるのかはよく判らないが、僅《わず》かに漢数字で「三十八〜三十九」と書いてある部分が見て取れた。

その時の彼女の年齢は三十八歳だったので、恐らく三十八〜三十九歳の間に亡くなるということなのだろう。その「三」と書かれた部分に僧侶は筆のようなもので縦線を二本ずつ書き足して「五十八〜五十九」と改めたのである。

「約束は守るように」

そこで小松原さんはハッと目覚めた。

全身が汗でびっしょりである。傍らの置き時計を見ると、驚いたことに、意識が遠のいたあの時から、まる一日経過していた。そして、その日を境に病状は回復へと向かい、小松原さんは職場に復帰して元のように精力的に働き始めた。

時間に追われる忙しい日々が始まり、あの三人組の僧侶のことはコロナの熱に浮かされて見た悪夢として、脳裏の片隅にすっかり追い遣られていた。

ところがある晩のこと。

三人組の僧侶は、再び夢の中に現れた。

「約束は守るように」

そのひと言を聞いた途端に目が覚めて、小松原さんは「例の約束」が夢ではなかったことを確信して背筋を震わせ、慌てて群馬県の実家へと帰省した。

彼女の生家は土地持ちで、元は大きな養蚕家でもあった。

三人の僧侶らの指示した通りに、実家の裏を調べると、彼らが指示したと思われる古びた塚と石碑を発見した。

彼女はそこを綺麗に清掃して、供物を捧げ手を合わせた。

以来、三人組の僧侶は夢に現れていないそうで、現在でも小松原さんは元気に日々を過ごしている。但し、毎月実家に帰省し、件の裏山の石碑を清掃して供物を供え、彼らとの約束を守っているという。

なお、件の石碑には何某かの文字が刻まれているそうだが、長い年月の間にかなり擦り減ってしまっていて判読は叶わず解読不可能、その石碑の謂れは判らないという。

この話が私の元に持ち込まれてきた時、寿命を記す台帳を携えた三人の僧侶の様相が「三尸《さんし》信仰」等の大陸道教の伝承に似ているという印象を受け、それに近い逸話が群馬県に存在しないかと検索を掛けてみた。するど興味深い事実がヒットしたのである。

『日本列島東部の古代上野国（こうずけのくに・現在の群馬県）に存在する三つの石碑「上野三碑《こうずけさんぴ》」は、日本に十八例しか現存しない、古代石碑（七〜十一世紀）の中で最古の石碑群であり、大切に守られてきました。

それらは山上碑《やまのうえひ》（六八一年）、多胡碑《たごひ》（七一一年頃）、金井沢碑《かないざわひ》（七二六年）と呼ばれています。三碑の記録形態は、上野国に住み着いた朝鮮半島からの渡来人がもたらしたもので、彼らとの密接な交流の中で、当時の都（飛鳥・奈良）から遠く離れた地元の人々によって文字で刻まれたものです。山上碑は日本語の語順で漢字を並べた最古級の歴史資料です。多胡碑はその文字が遠く中国にまで知られていました。金井沢碑は、この地での仏教の広がりを刻んでいます。これらの三碑は東アジアにおける文化交流の実像を示す極めて重要な歴史資料です。』

（高崎観光協会ホームページから引用）

小松原さんの実家の裏にあった石碑の正体は、先に示した三碑のように、大陸より流入した信仰に関わる道祖神の碑だったのかもしれない。ひょっとしたら、当時の大陸から古代日本へと流入した宗教思想や文化の流れを裏付ける、貴重な体験だった可能性は大である。

打音

長野にお住まいの、吉野さんが体験した話。

秋口の夜のことだったという。

気候が良かったので、吉野さんは自宅の二階で窓を開けて本を読んでいた。

すると、遠くから子供の笑い声とともに、カキーン、カキーンという音が聞こえてきた。

どことなく、近所の子が自宅にあったハンマーを持ち出して、アスファルトの地面を叩きながら遊んでいる光景が脳裏に浮かんだという。そのまま気にしないでいると、その笑い声とカキーンという打音が、少しずつこちらに近付いていることに気が付いた。

と同時に、傍らで寝ていた飼い猫が突然毛を逆立てて「シャーッ」と唸《うな》ると、部屋の外へと逃げ出したのである。

読書に没頭していて気付かなかったが、ふと時計をみれば時刻は十一時近い。吉野さんの住んでいるところは中心街から外れていて、この時刻になると通行人など滅多にいない。ましてや子供の笑い声など奇妙である。

それなのに件の打音は「カキーン、カキーン」と、どんどんこちらに近付いてくる。吉野さんは窓から顔を出して道路を見回したが、街灯に照らされた電柱と、寝静まった住宅のシルエットが見えるだけで、人の姿はどこにも見当たらない。

怖くなって窓を閉め、そのままベッドに飛び込み布団に包《くる》まった。

カキーン、カキーン……。

じっと耳を澄ましていると、謎の打音と笑い声は突然方向を変えて、道路から吉野さんの自宅庭先の方へと入り込んできた。

そのまま身を固くしていると、なんと音は施錠してあるはずの玄関扉を通り抜けて、屋内にまで入ってきたのである。

カキーン、キーン。きゃははは……。

一階の廊下の辺りから、不気味な打音と笑い声が聞こえてくる。

これは決して泥棒などではない。人ではない「何か」の仕業だ。

階下で寝ている両親の身が心配ではあったが、様子を見に行こうにも、全身が強張って動くこともままならない。

すると、奇怪な打音と子供の声は、トントンと階段を上がってきて、彼の部屋の前の廊下をうろうろし始めた。


キーン、カキーン、キーン。うふふふ、きゃはは……。


単純な金属音と、戯《たわむ》れるような子供の声が、これほど恐ろしく感じたことはなかったという。笑い声と打音はそのまま明け方まで、家の中を徘徊し続けた。

やがて日が昇り、周囲が明るくなってくると、唐突に音は止んだ。

恐る恐る階下に下りて両親の様子を見に行くと、二人とも寝室で安らかに眠っていたので安心したが、あれほど大きな金属音と笑い声であったのに、父も母もまったくそれに気が付いていなかった。

そして、どういう理由なのか、彼の部屋以外の扉と窓が、全て開けっ放しのままにされていたそうである。

北関東心霊地帯（前）

「……モノを怖がらなさ過ぎたり、怖がり過ぎたりするのは優しいが、正当に怖がることは、なかなか難しい……」

（寺田寅彦）

怪談・異談などを集めて執筆などを行っていると、時折「心霊スポットへ行きませんか？」というお声が掛かることがある。だが私は基本的にそういった趣旨のお誘いは丁重にお断りする方針を貫いている。その理由は三十代の頃、好奇心から千葉県にある某心霊スポットに赴いて、死にかかった経験があるからなのだ。

そんな私でも、提供者の要望で、何度か現場探訪を行ったことがある。

今回ここに紹介するのはそういった数少ない事例に相当するが、なかなか風変わりなものであると共に、興味深い事実が幾つも垣間見られたので、この場を借りレポートとして纏めてみた次第である。再びのお付き合いを願えれば幸いに思う。

なお、紙面の都合その他の事情を鑑みて、本筋に外れない程度の脚色がされているということを、あらかじめお断りしておく。


「籠さんって、実話系の怪談書いていらっしゃるんですよね。良かったら今度、うちに遊びに来ませんか？」


ＳＮＳのリンク先である本田さん（仮名）という男性から、そんなお誘いを戴いたのは二〇一〇年・二月のことである。

彼と知り合ったのは、某出版社の運営していたオカルトサイト「Ｆ」。

このウェブサイトは現在閉鎖されているが、本田さんは、私が「Ｆ」に登録を行った時、リンク申請の一番乗りだった方で、京王線沿線にかつて存在した幽霊アパートの体験談を提供してもらったこともあり（調査の際に、解体されたアパートは更地となったまま、現在も手付かずである事実を確認）、今でも思い出深い人物の一人である。

とはいえその時は、リンクを結んで日も浅かったこともあり、作家の肩書を持つ私への、もの珍しさのお誘いだと思って、丁重にお断りしようと考えていた。

ところが本田さん側の事情は、私の読みを遥かに凌駕していたのである。

「……実は、今、自分が住んでいる地区が、地元では心霊スポットとして有名なんです。そんな理由で私の家、頻繁に怪奇現象が起きるんで、一度確認に来られませんかと思いまして……」

送信されてきたダイレクトメールの後半を読むなり、さっきまでの気持ちは見事に吹っ飛んだ。

その頃、彼の住んでいた場所は、北関東に位置する某新興住宅地「F」。

私の知っている心霊スポットではない。

試しにパソコンで検索をしてみたものの、そのような記事には引っ掛からない。一体、どういった場所なのだろうか。

「怪奇現象が起こるって、どんな頻度で起きているんですか?」と事情を乞うメールを送信したところ、こんな返信が来た。

「それがほぼ、毎晩なんですよ」

その概略を、時列系に纏めておくことにしよう。

当時、本田さんは北関東に位置する某県で、のんびりと配送関係の仕事に従事していた。とはいうものの、問題の物件は、関東圏で手広く事業を拡げていた彼の父親が投資目的で購入したもので、以前は弟夫婦が住んでいた家族向けの二階建て家屋。

束縛を嫌い、三十を過ぎてからもマイペースで職を転々としていた本田さんだが、この配送会社に入ってから、何となく自分に向けられる同僚らの視線が独特なことに気が付いた。

そして、その疑問は時を経ずに氷解する。

まだ仕事に手慣れず配送が遅れて帰社が遅くなると、同僚らが車で自宅まで送ってくれるのだが「せっかくだからお茶でも……」と声掛けしても、彼等は逃げるように帰ってしまう。

ある時、本田さんも一目置いていたコワモテ顔の部長が送ってくれたことがあるのだが、やはり彼の誘いに対して言葉を濁しながら、そそくさと帰ってしまった。何かおかしいなと感じていたある日、会社の事務の女性が、とんでもないことを彼に打ち明けたのである。

「本田さんて、F地区に住んでいるんですよね？　あんな所にいて、怖くないんですか？」

それはどういう意味かと尋ねると、彼の住まいがある新興住宅地Fは、地元では有名な心霊スポットなのだという。

詳しい話を聞いてみると――。

「F」は元々、高台の緩やかな斜面にあった雑木林だったが、土地開発業者が目を付けて宅地造成を行い、新興住宅地として販売された。

ところがそれから幾らも経たないうち、F地区のすぐ真上に位置する高台に、私営の斎場と火葬場が建設される計画が立った。

市内方面からFに帰宅する住民らは、その斎場前を通らなければ自宅に戻りにくいので気味が悪いし、火葬場は高台の天辺に位置するので、遺体を焼くとその灰は風向きによって地区全体に降り注ぐ形となる。如何に説明会で、最近の焼却炉が灰も煙も殆ど出ないと説明されても、気持ちの良いものではない。

当然Fの住民らの強い反対運動が巻き起こったが、どういった力が働いたのか、行政側はそれを無視して、斎場と火葬場の建設許可を出したそうである。

そして、その辺りを境に、このF地区周辺では幽霊が出るという噂が絶えなくなったのだという。

夜遅く、車で帰宅する住民がヘッドライトの輪の中に通行人の姿を発見するが、その脇を通過すると、いつの間にか消えている。

住居の窓やドアが執拗《しつよう》にノックされる。

人がうろつくはずもないような深夜に、複数の人間の笑い声が、どこからともなく聞こえてくる。

これらの不可解な現象に驚いた住民らの中には、あの斎場が出来たからだと、早々に引っ越してしまった者もいると、女子社員はそう語った。

なるほど、この土地にはそんな曰くがあったのかと本田さんは納得した。

それなら部長や同僚らが早々に帰りたがるのもわからないでもない。ただし地元では心霊スポットとして有名であるものの、会社には直接F地区で心霊現象に遭遇した者がいなかったので、彼自身は単なる噂話としか捉えていなかった。

ところが、地元民に恐れられる幽霊地帯は、彼の身辺にも牙を剥《む》き始めたのである。

引っ越ししてひと月ほどした週末の夜遅く、本田さんが一階のリビングでテレビを見ながら晩酌をしていると、外から笑い声が聞こえてきた。

年端も行かぬ子供達のはしゃぐ声だ。

時刻は午前零時。

都会に住む人間にはピンとこないかもしれないが、新興住宅地であるFの周辺にコンビニはおろかドリンクの自動販売機すらない。街灯もまばらで夜などは真っ暗になり、懐中電灯なしに歩き回ることすらしんどいという。

そんな時間に子供が屋外で遊んでいる訳がない。


きゃははは。

あはは。

はははは。


気になってカーテンを捲り、外を覗いても真っ暗で何も見えない。

以前耳にした女子社員の話が脳裏に蘇り、昼間であれば何の変哲もないはずの子供らの笑い声が、彼の背筋を凍り付かせた。

そして、その晩を境に、本田さんの身辺にも不可思議な現象が多発し始めた。

二階の寝室で就寝中、ドンドンと玄関の扉がノックされる。

時計を見れば、やはり真夜中である。

そんな時間に訪ねてくる知己など近所にはいないし、第一、玄関にはチャイムがある。なぜそれを押さずにドアをノックするのか。

気味が悪いので放っておくと、ギィィ、パタンと施錠してある玄関扉の開く音がする。続いてバタバタと、一階のリビングや和室を歩き回る複数の足音が響き、ドスンパタンガッチャンと、ものをひっくり返す音までが聞こえてきた。

ひょっとしたら強盗かもしれないと、枕元に置いてある護身用のバットを手に取って、足音が二階に上がってきたら奇襲を掛けようと布団の中で構えたまま、本田さんはいつの間にか眠りこけてしまった。

――翌朝。

ベッドで目を覚ました本田さんは、昨晩の侵入者のことを思い出し、階下の惨状を想像しながらバット片手に階段を下りると、リビングも和室も荒らされるどころか、あれほどの物音がしたのに、前日とまったく様子が変わっていない。盗まれているものもなく、玄関を確かめれば扉には鍵が締まっていて、ドアチェーンもきちんと掛けられていた。

(……はて、寝惚けたかな?)

ところがその晩を境に、彼が就寝のために二階に上がると、真夜中にドンドンと玄関扉が叩かれ、階下で複数の足音や物音が響くようになった。

同じく深夜になると、戸外からは、若い男女の声や子供らのはしゃぐ声が響いてくる。また、一人住まいであるはずの本田さんが、帰宅して台所で食事の支度をしていたり、リビングでテレビを見ていると、視野の片隅に、赤いワンピースを着た幼い女の子の姿が映り込むようにもなった。

慌てて視線を向けても、そこには誰も居ない。

この赤いワンピースの女の子は、昼間でも、彼の視野に入り込んでくるという。

さすがにこれは只事ではないと思い始めた矢先に止めを刺したのは、ふらりと訪れてきた以前の居住者、彼の弟のひと言だった。

「兄貴、ここ住んでいて何もないか？」

学生時代からやんちゃでマイペース気質の本田さんと、一流大学を出て、すでに父親の会社の手伝いをしている生真面目な弟とは反りが全く合わない。その弟がわざわざやってきてそんなことを尋ねたのだからと探りを入れてみると、やはり弟夫婦も、以前この家に住んでいて同様の出来事に遭遇していたという。

どうやら弟は、父親が彼ら夫婦のために用意してくれた物件ではあるものの、とても住めないと判断、かといって「お化けが出るから」とは言えず、適当な理由を付けて、このF地区から逃げ出したそうなのだ。

「朝、車で出勤しようとしたら、風呂場のガラス窓一杯に男の顔が浮かんでて、こっち睨んでてさ、あ、もうここに住んでちゃ駄目だって……」

気の合わない弟が、酒を酌み交わしながらそう呟いた時、このF地区に纏わる噂は「本物」なのだと本田さんは確信した。

とはいえ、封建的で超常現象を信じない父親や、社会に従順な弟への反発のつもりで無頼を貫いてきた彼にしてみれば、お化けが怖いという理由で尻尾を巻くのは憚られたそうで、その場では特に何も起きていないと強がって見せたが、心中穏やかではなかったそうである。

そこへ駄目押しで「事件」が本田さんの周辺で起きてしまう。

彼の住居のある区画は、道路に沿って八軒の家が縦長に並ぶ形になっていたが、本田さんの家の裏の斜め向かいに安藤さんという方が住んでいた。近くの小学校の庶務さんをしており、見た目に穏やかな感じのする、初老の男性であった。

本田さんと安藤さんの住居の境界線は背の低い垣根で区切られていて、彼が庭の手入れをしていると、庭の掃除をしているこの安藤さんと挨拶を交わすようになり、世間話をする程度には関係があったという。

ところが、この安藤さん宅と背中合わせに位置する横山家の奥さんが「安藤さんが夜になると、垣根越しにウチの方をよく覗き込んでいる」と騒ぎ出した。

この件は自治会でも取り上げられて問題になり、安藤さんは「そんな真似は絶対にしていない」と必死に弁明したが、横山家の奥さんは取り合うことをせず、結局安藤家と横山家の境界線には、背の高いブロック塀が築かれた。

覗きの汚名を被せられた安藤さんは、かなり意気消沈していたそうである。

「……でね、この安藤さん、その後すぐ勤務先の小学校にある焼却炉の中で、灯油被って焼身自殺しちゃったんです。焼死って、死ぬまでにかなり時間が掛かるらしいのに、発見された時は、既に真っ黒焦げだったそうで……」

葬儀が終わった後、安藤さんの遺族は引っ越してしまったが、異変はそれから間もなく起こり始めた。この安藤さんの住んでいたブロックの住民ら全員が「真夜中のピンポンダッシュ」に悩まされるようになったのである。

現象自体は単純だ。住民らが就寝していると、真夜中にピンポーン、とドアチャイムが鳴らされる。「誰だこんな時間に」とドアスコープを覗いたり、扉を開けても誰も居ない。変だなあと寝床に戻るとまたピンポーン。再び玄関に赴けば誰もいない。ベッドに戻るとまた……。

ひと晩中これの繰り返しで、周辺住人らは、夜も眠れなくなった。

発生当時は単なる悪質なイタズラと思われていたこのピンポンダッシュであるが、自治会で取り上げられると、驚いたことに被害に遭っているのは自殺した安藤さんの住んでいた区画の住人だけという事実が判明する。（ここには本田さん宅も含まれている）そんな理由で、自殺した安藤さんが成仏出来ずに無念を訴えているのではとの噂が、住人らの間で広がった。

「……もちろん、自治会は警察に被害届を出して、警察もパトロールを強化するとか返答したそうですが、真夜中のピンポンは沈静化することが無く、結局このブロックの住宅の全部が、玄関先のドアチャイムやインターフォンを取り外して対処せざるを得なくなったんです。だから、私んとこの区画の住宅は、みんなインターフォンが取り外されてますよ。来てもらえればすぐわかりますから」

メールに添付されてきた画像には、寝そべってこちらを向く本田さんの自撮り画像が映っていたが、その左肩から左手が見事に透き通っている。

「これなんかは部屋で自撮りした写メなんですけどね、私の左手が透けちゃってるでしょ？ここ、こんなことしょっちゅうなんですよ。まあ、親父や弟の前では強がっちゃってるけど、折角職場には慣れたし、結局行くとこないしで、毎日戦々恐々としながら、今の家に住んでいるって寸法なんです……」

以上のような経過ではあるが、出来ればプロの方に来て頂いて、このF地区で起きている現象の原因を調べてもらって、それが起きなくなる方法を教えて欲しいという旨で、本田さんのメールは結ばれていた。

実は恥ずかしい話ではあるのだが、怪談を手掛け始めた頃「奇怪な事件」に次から次へと巻き込まれる羽目に陥り「怪談作家って、こんな恐ろしいものと取っ組み合いをしながら話を書いているんだ。霊能者と変わらんな」と錯覚していた時期がある。

どうやら本田さんもそのような雰囲気で、私がお祓いとか出来る霊能者だと勘違いをしている風はあったが、あまり他人のことを笑える立場でもない。簡単にいってしまえば、私はそういうものに対する最低限の防御の方法程度は心得ているが、地区全体が心霊スポット化しているような場所のお祓いや浄霊などが行える人間ではない。だからF地区に出向いたからといって、そこに巣くう死霊や怨霊を祓って場を鎮めるなんて芸当は出来ないのである。

しかし、自ら心霊スポットへ赴くタイプでもないのだが、十数年前の私は今よりも血気盛んで、ある意味無謀、怪談綴りの肩書を持ちながら「怖気づいて現場に来なかった奴」と思われてしまうのが癪《しゃく》だったというのも、正直に付け加えておく。

そしてまた、毎晩のように心霊現象が起きるのなら、ある意味外れなしという打算がなくもなかった。それならこの目で確かめてみたいとも思った。

怖さを書きたいのなら、怖い目に遭えと思わないが、そういう場所の空気感に触れることが大切だと考えているからである。経験を伴わない文章は、結局薄っぺらなものに仕上がってしまうと感じていたからだ。

私はこの心霊スポットF地区の空気感が、これまで自分が足を運んだ「その手」の場所と同じものなのかを確かめてみたかった。

「面白そうですね。是非お伺いしてみたいです」

私は本田さんに、そんなメールを送った。

とはいうものの、週末が休みの私と、平日の水曜日が職場の定休日である本田さんとは、日程調整が大変で、特に彼の会社は日曜に休日を取得するにはひと月前に届けを出さなければいけない決まりがあり、しかも繁忙期はそれを避けなければいけない暗黙の規約もあって、私が彼の家に泊まりに行く算段が整ったのは、その年の十月。

メールを戴いてから、既に八か月を経過していたことになる。

いよいよ訪問当日。

仕事を早上がりした私は、職場近くのコインパーキングに停めていた愛車で東北自動車道を走り、本田さんの住む北関東の心霊スポットFへと赴いた。当時はまだカーナビが高価な時代でもあり、土地勘のない私を気遣って、自宅まで接続する県道に到着したら、彼が自分の車で迎えに出てきてくれるという。

秋の日暮れはつるべ落としと言われるように、午後三時に現地へと車を走らせたものの、高速のインターを降りた辺りで、とっぷりと日は沈んで真っ暗になっていた。そのまま国道を走っていると、地元ブランドらしいスーパーの看板が目に入ったので、私はそこでビールと酒の肴、そして本田さんへの手土産の菓子折り等を仕入れた。荷物を車の後部座席に投げ入れて辺りを見回す。地方特有の、堆肥と草の匂いが入り混じった空気が鼻腔をくすぐる。

そのスーパーの駐車場で彼に電話を入れると、待ち合わせのコンビニの少し手前なので、こちらも迎えに出るという。

この周辺こそ店舗の照明に彩られてはいるが、国道から少し入った奥に目を遣れば、信じられない程に闇が濃い。今から数時間後、地元では有名な心霊地帯の一角で夜を明かすのだと思うと、私の心に緊張感が漲《みなぎ》った。

待ち合わせのコンビニでは、旧型のトヨタ・マークⅡに乗った本田さんが私を待ち受けていた。

「ようやく会えましたね」

「今日は宜しくお願いします」

簡単な挨拶を交わした後、彼の先導で、国道を左に折れ、住居のある現場へと向かう。街灯が整えられた国道と違ってFへと向かうその県道は、ほぼ真っ暗だ。あまりに暗過ぎてよくわからないが、左右に広がっているのは恐らく水田であろう。そんな光景に見とれていると、本田さんの車が左にウィンカーを点けた。慌ててその後に付いていくと、そこは傾斜のある坂道となっていて、斜面に沿って幾つもの家が並ぶ住宅地となっていた。

ああ、ここがF地区なのだ。

そして、車がこの区画に差し掛かった時に、私は怖いような、嬉しいような、両者の入り混じる複雑な気持ちに捉われることとなった。

秋口なので車のエアコンをつけずに窓を開けて走っていたのだが、その坂道に乗り入れた刹那、すうっと空気が生温くなったのだ。

先程本田さんと挨拶を交わしたコンビニでは、ひんやりとした、秋独特の心地よい空気が周囲を覆っていた。車のトリップメーターを見れば、そこから僅か八百メートル程しか走っていない。

（これは……本当に出る場所だ……）

こなした数こそ少ないが、都内や千葉県の、過去に訪れたことのある心霊スポットと同じ空気が辺りを覆っている。

緊張する私をよそに本田さんの車は真っ暗な住宅の間を二度程左折した後、そこでハザードランプを点けて停止した。門柱にガレージを備えた、二階建ての白い立派な家だった。都内にあれば豪邸の部類に入るのではないだろうか。

「ちょっと待ってて下さいね。いま玄関の鍵開けますから。車は路駐で大丈夫です。ここ、駐禁なんか来ませんから」

門前で佇んでいると、玄関灯が点いた。

そして、私は見た。本田さん宅の門柱の脇に取り付けられているはずのインターフォンが、土台から根こそぎ外されているのを。

なるほど、と私は頷いた。これは確かに油断ならない場所だ。

若い頃はヤンキーグループの幹部をしていたのに料理が趣味という本田さんは、遠路はるばるやって来た私のために、夕餉《ゆうげ》の支度をしてくれていた。そこで私が先に仕入れたビールと肴を取り混ぜ、一階にあるリビングで乾杯を交え、ちょっとした宴の時間となった。

簡単に互いの自己紹介と近況、そして怪談話や取材時の怪異体験等を織り交ぜながら、徐々に問題の根幹がこの場所へと移り始める。

その経緯の概ねは、先に記した通りなので、ここでは割愛させて戴く。

「……さっき玄関入る時見ましたけど、ホント見事にインターフォン外されていますね……」

「そうなんです。この一角の住宅は、インターフォン全部外されてますから、明るくなったら確かめてみるといいですよ」

少し嫌な顔をしながら本田さんは呟いた。

「あの事件ですけど、自分、安藤さんが自殺したその朝、たまたま垣根越しに顔合わせて挨拶してるんです。そんときには全然普通に見えて。でもあんとき、もう安藤さん死ぬ覚悟をしてたんですよね。物凄く後味悪かったんですよ……」

私はただ頷くしかなかった。顔も知らぬとはいえ、それは間違いなく本当に起きた、亡くなった方の無念の付き纏う「悲劇」に違いない。厭《いや》系話を書く時に最も気を付けなければいけない点でもある。

ただ怖く書かれていれば良いというものではないからだ。

「……で、メールで知らせて戴いた、毎晩起こる怪奇現象って、どこで起こるんですか？」

「いまうちらの居る、この一階リビングですよ。自分の寝室は二階にあるんですが、物音は一階だけで、何故か二階には来ないんです」

「大勢の行き交う足音や物音がするけど、朝になると何の変化もないんですよね」

「そうです」

「ポルターガイスト的なものかなあ？　現象の最中にそれを確かめに行ったことは？」

「ないです。だってもし、何か見ちゃったら、もうここに住めないでしょ」

「もっともな話ですよね。じゃあ自分が今晩ここで過ごしてみます」

「えっ、マジですか？」

コワモテ顔の本田さんの驚く顔を見て、ここで起きていることは本物なのだということを改めて確信した。

「本当にここでひと晩過ごすんですか？　だったら自分も付き合いますよ」

「いや、一人の方が心構え的に、いざって時に何とかなります。むしろ別の人を庇《かば》いながらって方が難しいですから、本田さんは二階の寝室で寝て下さい」

テレビなどは点けていなかったので、会話がひと区切りすると、このF地区の静けさに改めて驚かされる。時刻はまだ午後七時四十分だというのに、周辺はシンと静まり返って何の物音も聞こえてこない。都内にある私のマンションでは、周辺の物音が聞こえないなど、考えられないことである。

「……ね、この辺って、この時間でもうこんな感じなんです。何の物音もしないのに、深夜の十二時過ぎになると、子供らの遊ぶ声とか聞こえてくるとか、異常だと思いませんか？　さっき見ましたでしょ？　自分ちの玄関の前でさえ、灯りを点けないと何も見えないのに」

もっともだ。現場に来てみなければわからないことではあるが、指摘の通り、それは確かに異常な状況だ。

——子供と言えば。

「例の赤い服の女の子、今日はどこかで見えたりしましたか？」

「いえ、今日は昼間から全然見掛けてません。それより、何ですかそれ？」

本田さんは、私が手荷物と共に持ち込んできた「布袋に包まれた細長いもの」に興味をそそられたようだった。

「……ああこれですか。K神宮の木刀です。何しろ毎晩怪奇現象が起こると聞きまして、保険のためにと……」

布袋を外して本田さんに見せたのは、私が空手の道場に通っていた頃、鍛錬用の素振りで使用していたK神宮の木刀である。購入してから後、あるセミプロ霊能者の女性から、浄化グッズや魔除けグッズに神社の印や名前が入ったものは効果が強いと教わったので、考えた末に持ち込んだものだ。毎晩、怪奇現象が起こる場所に丸腰で出掛けるなど「この人バカじゃないのか？」と後で思われるのも嫌なので。試したことはないが、これなら何かあっても幽霊に効くのではないかと考えた末に持参したのである。

「…あ、差し支えなければ、こちらもどこかに置かせてもらえませんか？」

そう言って私がバッグから取り出したのは、握り拳大のヒマラヤ岩塩である。

こちらもまた、用心のために持参してきたアイテムで、ただの盛り塩より純度の高い岩塩の方が効くと教わっていたので持ち込んだものだ。

こちらは場所を見積もって、男の大きな顔が見えたという、浴室の脱衣所近くの窓際に置かせてもらった。


怪奇現象が起きるという一階リビングで、深々と夜は更けていく。

時間の経過と共に、室内の空気が更に重くなった感触はあるのたが、それ以上の変化は見られない。時刻は既に午後十一時を廻っていたが、外から人の声が聞こえることもなければ、玄関ドアがノックされる気配もない。

本田さんも、件の女の子の姿は相変わらず見えないという。

「……ちょっと外でも散歩して、様子みてきますよ」

拍子抜けした私が腰を上げ掛けると、本田さんが必死の形相で止めに来た。

「ダメダメ、ダメです！　こんな時間に一人歩きなんて危ないです！　ここは本当に出るんですから！　どうしてもって言うんなら、自分も付いていきます！」

その剣幕は、毎晩「恐怖」に遭遇している人間のそれそのものであった。

自信過剰かもしれないが、これまでの経験値で、何かが起きても自分一人なら大丈夫だろうと思ったが、逆に本田さんに何かがあっては、わがままを言い出した私の責任にもなってしまう。

仕方なく私はソファに座り、この家で起こるという、怪異の出現を待ち続けた。

海の女神（壱）

南方さんの父の実家は、祖父の代まで小さな海運業を営んでいた。

そのため、海の女神・市杵島姫命《いちきしまひめのみこと》を自宅の神棚に手厚く祀《まつ》っていたそうである。

この市杵島姫命の（いちき）は「イチキ（斎き）」を表し、神霊を斎き祀るという意味があるとされ、南方家ではこの女神様に纏わる不思議な話が幾つもあるという。


彼の父親の孝雄さんが大学生の頃だというので、今から五十年以上前の話になる。

当時は学生運動たけなわの頃で、孝雄さんの通っていた大学も例外ではなく、過激派寄りの学生活動家の拠点と化し、講堂や教室は彼らに占拠され、毎日の授業もろくに行われず、悪友らと麻雀をして過ごす日々を送っていた。


そんなある日のこと。

どうせ今日も授業などないだろうと思いつつ孝雄さんが教室に顔を出すと、ゼミの中でも過激派寄りで、自身の派閥へのしつこい勧誘で煙たがられていた級友が、教壇の前で熱狂的なアジ演説を行っている。

（聞くのもバカバカしい……）

そう思った孝雄さんが踵を返した途端、

「待て。貴様どこへ行く？　きちんと話を聞け！　我々は、労働層の自由と解放のために毎日戦っているんだぞ！」と件の学生が大声を張り上げた。

孝雄さんは、学生運動などにまったく興味がなかった。従ってこの学友らの行動は迷惑以外の何者でもなく、かといって口論するのも面倒だ。

「うるさい。戦争ごっこは他所《よそ》でやれ。講義がなくて勉強にならん。お前らのやってることは本当に迷惑だ。みんなも帰ろう。下宿で麻雀でもやろうや」

吐き捨てるようにそんな台詞をぶつけると、おお、そうだなと賛同した数人の学友が席を立った。

「待て貴様、支配階級から人々を救おうとする、我々の行為を侮辱する気なのか？　こら、待て、待たんか……！」

大声を張り上げる学友を尻目に、孝雄さんは仲間を引き連れて、教室から悠々と引き上げたそうである。

彼が自宅アパートに戻り、仲間の学生三人と卓の麻雀パイをガチャガチャと掻き混ぜて盛り上がっていると、不意に玄関の呼び鈴が鳴った。

誰だと思って扉を開けると、そこには若い女性が立っている。

年の頃二十歳そこそこの、大変な美人だった。

「どちら様ですか？」

訝しげに尋ねると、アパートの管理人の娘と名乗ったその女性は、近くで水道工事があるので、夕方から明日の朝まで水が出なくなることを告げて玄関先から立ち去った。

「おいおい、断水だってよ」

「ええ？　それはちょっと困ったな」

これから徹夜で麻雀をしようというのに、飲み水が出ないのは問題である。孝雄さんらは相談の末に、別の友人のアパートに移動することとなった。

その晩、孝雄さんの配牌はツキにツイて、彼の一人勝ちだった。

いい気分で翌朝、自宅へ向かうと、道路に赤灯を煌《きら》めかせたパトカーや消防車が停まっていて、アパートには大勢の野次馬が群がっている。

（おいおい、何事だ？）

慌てて人垣を掻き分けると、野次馬の中にアパート管理人のおばちゃんの姿を見つけた。

「おばちゃん、何これ……、火事か何かあったんですか？」

管理人のおばちゃんは目を丸くして、こう告げた。

「あらあんた、無事で良かった！　放火だってさ。明け方、あんたの部屋の玄関と裏窓に灯油が撒かれて火がつけられたんだって！　誰かが消し止めてくれたみたいで小火《ぼや》で済んだけど、大火事にならないで良かったよ、ホント！」

孝雄さんも驚いて目を丸くしたが、昨晩の麻雀の一人勝ちといい、何だか妙にツイているなと感じた。

「そうですか。夕べは断水だって話だったのに、よく消し止められましたね。もう断水終わったんですか？」

「断水？　夕べは断水なんか、なかったよ？」

彼の問い掛けにおばちゃんは顔を顰《しか》めた。

「だって、おばちゃんとこの娘さんが、断水があるからと知らせに来て……」

「ウチには娘なんかいないよ」

今度は孝雄さんが首を傾げる番だった。

ともかく自室の前に立つと、玄関は見事に焼け焦げていて、その上、消火作業の余韻なのか部屋中が水浸しである。

これでは寝泊まりなど暫く出来そうにもない。

途方に暮れていると、先の管理人のおばちゃんが部屋から呼んでいる。

実家から電話が掛かっているとのことで、受話器を受け取ると電話口にいた母から、身の回りが片付き次第、すぐ帰ってこいとのひと言。

何だか事情を承知している様子で妙な具合であったが、部屋はこの有様だし、どうせ大学に行っても授業もない。孝雄さんは、警察の事情聴取を終えたその足で電車に飛び乗り、ひとまず実家で骨休めをすることに決めた。

「ただいま」

実家の引き戸を開くと、奥から現れた孝雄さんの母が出迎えざま、こんな台詞を放った。

「帰ったか。あんたちょっと居間へ来て、まず神棚に手を合わせなさい」

おや、と孝雄さんは首を傾げた。

いつもなら仏壇に挨拶をしろというのに、今回に限って風向きが違う。変だなと思いつつも、居間に入った彼は神棚の前に手を合わせた。

すると、後からついてきた母が、神棚の御札を手に取って孝雄さんに差し出した。

「あんた、これ何だかわかるか？」

何事かと思って神札を見ると、あちこちに真新しい焦げ跡がある。

「何これ、火にでも焙《あぶ》ったんか？」

「一昨日な、神棚の姫さんが夢に出てきよった……」

母は厳かな口調でそう語った。

「……お前の息子の部屋が火事になったと。火は何とか消し止めてやったが、部屋は使い物にならんだろうから、実家へ帰れと言ってやれと。あと、生真面目はいいが口は災いの元、気を付けろとも言っておけと姫さん言うておった。ま、そんな訳だ。暫くはこっちで羽伸ばして、ゆっくりしてから帰れ」

放火の犯人はとうとう捕まらなかったそうだが、母親の言葉を借りるなら、恐らくあの過激派の学友が、アパートに火をつけた張本人なのだろう。

「あのおばちゃんの娘にしては、ずいぶん美人だなと思ったんだよ」

そして、管理人の娘と名乗って彼と仲間を外へ連れ出し、火災を消し止め災厄から救ったのは、実家の神棚に祀られていた「海の女神様」なのだろうと、孝雄さんは語ったそうである。

海の女神（弐）

こちらは南方さんご本人の体験談である。

当時、南方さんは看護学校の学生であった。

看護学校は当然ながら女子学生の比率が高く、ひとクラス三十人余り在籍していたが、男子学生は彼を含めて四人しか居なかったそうである。

その頃、南方さんには既に交際相手がいたのだが、どういう因果なのか、同じゼミを受講していたナオミという女性から好意を抱かれて、彼の学校の行き帰りや休憩時間などに待ち伏せて、付きまとい行為をされるようになってしまった。

当然、交際相手の居る南方さんからすれば、迷惑以外の何者でもない。そういった旨を伝え窘《たしな》めても、ナオミは「そういう障害のある方が、燃えるタイプなの」と言い放って聞き入れもしない。

そのうち彼女の行動はエスカレートして、どういった方法を使ったのか南方さんのアパートの住所を突き止め、彼が授業やアルバイトを終えて帰宅するとドアノブに缶コーヒーや菓子の入った袋が下がっていたり、消印の無い手紙などがポストに投込まれるなどの直接的な迷惑行為が目立つようになった。

あまりに露骨なナオミの行為に堪え兼ねて担当教員に相談すると、学校全体の風紀の問題として取り扱われるようになり、彼女はほどなく退校処分となった。

これでひと安心かと思ったのも束の間。

ナオミは彼の在宅中を狙って何度も呼び鈴を鳴らし、玄関先でヒステリックに名前を呼び喚き散らすようになり近所からの苦情が殺到。困り果てた南方さんは、アパートの管理人や警察に事情を話すと共に、交際中の彼女のマンションへと一時避難することとなった。

ある日のこと。

南方さんは、学校の授業に必要な実習教材を、どうしても自室に取りに行かなければならなくなった。

（まあ、昼間の内に、サッと行って取ってくれれば大丈夫だろう……）

そう思った彼は、仕事に出ている彼女にＬＩＮＥでメッセージを送ると、自転車で自宅アパートへと向かった。

そこまでの距離は十分少々。

ところが走り出して間もなく、自転車のタイヤがパンクしてしまった。

(何だよ、今日は行くなってことか？)

独りごちていたそこへ、スマホの着信音が鳴り響く。

彼女からのＬＩＮＥ返信である。メッセージを開くとそこにはこんな文章が。

「今日は行くな」

たったの一行なんて珍しいなと首を捻っていると、今度は誰かが彼の肩をポンと叩いた。

振り向くと、近くの派出所の警官が立っている。

「あ、こんにちは。なんか今、自転車がパンクしちゃって……」

苦笑いを浮かべながら挨拶すると、

「今日はやめておけ。部屋に居ろ」

そうひと言呟いたまま、その警官はスタスタと立ち去ってしまった。

暫く放心していた南方さんだが、ふと我に返り、

（何だよ何だよ、みんなで寄ってたかって『今日はやめとけ』ってのは。わかりましたよ、帰りますよ……）

パンクした自転車を押しながら、もと来た道を引き返した。

居候をしている彼女の部屋は、マンションの九階にある。

自転車置き場にパンクした自転車を駐輪しエレベーターに乗ると、扉が閉まる寸前で、滑り込むように一人の女性が乗り込んで、彼の背後に立った。

チン、と九階への到着音が鳴り、南方さんは開いた扉からホールへ出た。後から乗ってきた女性は、まだエレベーター内に残っている。

「それでよし。今日は部屋の中で、大人しくしとれ」

その声に南方さんが振り向くと、閉まるエレベーターの扉の隙間から、狩衣《かりぎぬ》に袴姿の、巫女のような装束をした、髪の長い女性の姿が見えた。

（あれは……）

エレベーターは上昇を続けている。南方さんは慌てて非常階段を駆け上った。

巫女装束の女性の正体を確かめようとしたのだ。

息を切らして階段を上がり、最上階寸前でようやくエレベーターに追い付いたが、開いた扉の中はもぬけの殻であった。

その晩、巫女装束の女性のことが気に掛かっていた南方さんは、帰宅してきた彼女に「なぜ『今日は行くな』といったの？」と謎めいたLINEの理由を尋ねてみたが「いまさっきメッセージ見たばかりだけど？」という不可解な言葉が返ってきた。奇妙に思ってスマホを開くと、そんなメッセージはどこにもなかったという。

後日、南方さんはアパートの管理人から「先日、問題の女があなたの部屋に忍び込むのを見て警察に通報し、女は逮捕されました」という電話をもらった。

彼女は部屋の合鍵を持っていて、係官の取り調べに対し「これまでにも何度か無断で部屋に忍び込んで、待ち伏せをしていた」という供述をしているらしい。それは南方さんが謎の女性から「今日は行くな」と警告された、あの日と判明したそうである。

この霊験あらたかな南方家の海の女神であるが、数年前に彼の祖父が海運業を廃業してしまったため、現在は魂抜され、その御霊は総本山の宗像《むなかた》大社へと帰されているそうである。

石橋

『石橋《しゃっきょう》』とは、能の作品のひとつであり、獅子の顔をした能面（獅子口）を付けた後段のシテの豪快な舞と、囃子方の迫力ある秘曲が特色の演目でもある。古くは唐楽に由来し、世阿弥の時代には猿楽や田楽にも取り入れられていたという。

その内容は、寂昭《じゃくじょう》法師という僧侶が中国の清涼山《せいりょうざん》という霊山の麓《ふもと》に辿り着き、いよいよ菩薩《ぼさつ》浄土の地に架かる石橋を渡ろうとすると、一人の童子が現れて尋常な修行の量ではこの橋は渡れないから、暫しの間待つようにと告げる。そして演目の後半では、この文殊《もんじゅ》菩薩の眷属《けんぞく》である二体の獅子が「乱序」という激しい舞を踊るというものである。

井手さんはそのとき、自宅のリビングで、仕事関係の資料をまとめるためにパソコンのキーボードに向かっていたが、テレビは点けっぱなしという、ながら状態で作業を行っていた。チャンネルはＮＨＫだったと思うのだが、確信はないという。

とにかくそこまではニュースを見ていたはずなのだが、作業に没頭している間に、ニュースは終了してしまい、次の番組に移っていたそうである。

それは、彼にとって何の知識も興味もない能楽のライブ放送だった。

司会者のナレーションがスピーカーから流れ、どうやらそれは、平安神宮で行われた『石橋』のライブ放送であることまでは判ったものの、作業中だった井手さんはろくに画面を見ることなく、キーボードを叩いて作業に没頭していた。

横目にちらつくテレビの液晶画面の中では、ワキとシテ（能楽の演者の役割）が素人には聞き取りにくい台詞を口にしながら、次々と演目を舞っている。

ようやくひと区切りついた井手さんは、パソコン画面から目を離して点けっぱなしのテレビへと視線を移した。

特に興味のない能楽ではあるが、ちょうど演目は後半の乱序の部分に差し掛かっていた。

篝火《かがりび》の点された薄闇の中で、雅楽も舞も絶頂の部分に差し掛かっており、流れでそのまま画面に見入っていたという。

すると。

突然、激しい舞を舞っている二人の獅子役の左上方に、金色に輝く唐獅子に跨った「仏様」の姿がふわりと映り出たのである。

新たな舞い手ではない。

その姿は立体映像のように、向こう側が透けて見えたからた。

（えっ、なにこれ？　特殊効果かなんか？）

いや、この番組はライブ中継だったはずだ。そんな効果など入れられるわけがない。じゃあこの二人の演者の上にいる「これ」はなんだというのか。


時間にして一分ほどであったろうか。

彼が首を傾げているうちに、輝く仏像の姿はすっと消えてしまった。

その後、番組が終了するまで、画面には先のような特殊効果めいた場面がなかったため、不思議に思った井手さんはこの時演じられていた『石橋』という演目について調べて、先に述べた内容であることを知ったのだという。

「あのとき、私の見た『獅子に跨る仏様』って文殊菩薩だったんですよ。ネットで演目の内容を知って、もしかしたらと思って仏像の検索したらビンゴだったんです。場所も平安神宮ということでしたし、ああいう場所でキチンとした形式でやると、本当に神仏が降りてくるんだなって……。それまで信心などなかった人間でも、見る時は見えてしまうことがあるんでしょうね」と、井手さんは感慨深そうに呟いた。

祭祀場

これは私が怪談稼業に足を踏み入れて、まだ間もない頃の出来事である。

当時発売されていた怪談本というものは、現在と事情が違い、怪異の起きた場所の詳細な地図まで掲載されているものが多々存在していた。

この年の夏、私はそんな本の一冊に掲載されていた、ある心霊スポットに足を向けていた。現在は基本的にそういった場所には足を運ばない主義ではあるが、文章化の折りに、その場所の空気感を掴むため、昼間という限定条件を付けて訪れることは稀にある。

その場所が、都内N区に位置する某公園周辺というのも理由のひとつだった。地下鉄や私鉄の駅からもほど近く、訪れやすい場所だったのである。

都内中心部、交通も至便で市民の憩いでもある場所が、なぜ怪奇現象の多発する心霊スポットと呼ばれているのか、そんな好奇心が私の心をくすぐったのだ。とはいえ、以前真夜中の某霊園を訪ねて死に掛けた経験のある私は彼らのテリトリーである場所に夜踏み込む気など毛頭なく、季節は初夏の六月。時刻は太陽が頭上に照り付けている真っ昼間の午後二時。

ごく普通に人が行き交う時間帯に心霊現象が私一人だけを狙い撃ちにはこないだろうと踏んでのことである。

さて、件の心霊本を抱えて最寄り駅を下車、そこに描かれた地図を頼りに歩いていくと、平凡な住宅地の中に突然「奇妙な場所」が現れ出た。

丘のように盛り上がった地形の下に、遊水池とでもいうべきなのか、問題のK公園は眼下に流れる川に沿った窪地のような形状をしていて、背後は崖のように切り立っている。災害時には遊水池の役目を果たすという谷底のようなその敷地には遊具や広場が設けられていて、バドミントンのシャトルを追い掛ける若者たちや、ブランコで子供と遊ぶ近所のママさんらの姿も散見された。

公園というので平坦な緑地を想像していた私は虚を突かれた形になった。突き出た丘の真下に、公園自体がパズルのように組み込まれた印象がある。持参した心霊本には、公園に沿った住宅地で様々な異変が起きるとあったのだが、このK公園周辺の、あまりにも変てこな佇まいに私は絶句してしまった。

件の住宅地を見回してから、次に、私はこの奇妙な形状の公園探索をしようと、窪地に繋がる階段に踏み出した。

ところが、足が一歩も動かないのである。

おかしい、何だこれはと踏ん張っても下半身がいうことを聞かない。首を傾げながら後退すると膝頭は上がるのだが、もう一度階段に向かおうとすると、腰から下の筋肉に、全く力が伝わらない。

「入れない場所」という言葉が過った。

取材時に聞いた話ではあるが、こうした窪地やどん詰まりの地形の住宅地は悪い気が溜まり易く、心霊現象が多発するという。

どうやら、この場所の噂は本物らしい。

だが、その原因はどこにあるというのだろうか。ここに来るまで周囲に墓地や寺院などもなく、地形が独特であること以外は、ごく普通の住宅地だ。眼下に広がる公園へ降りるのを諦めた私は、窪地の周囲をぐるりと一周している遊歩道へと足を進めた。

ここは歩くことが許されるらしい。

しかし何という変わった場所なのだろう。遊歩道の突き当りはさらに高台になっていて、金網で仕切られてはいるものの、まるで切り立った崖の様相、こんな変てこな地形は都内であまり見たことがない。首を傾げつつ足元の多目的広場をもう一度見下ろした私は目を疑った。

眼下の公園全体が、霞《かす》み掛かって見えるのである。

思わず目を擦《こす》って向こう側の住宅地などを見れば、そちらは夏の日差しに照らされた普通の風景だ。しかし、谷底のようなこのK公園の敷地全体は、水蒸気のような白っぽい靄《もや》で満杯なのである。

(何だ、これ……?)

遊歩道を歩きながら、あんなもののど真ん中に居る若者や親子連れは何ともないのかと不安に駆られた。

やがて三分の二ほど歩いた辺りで、視界に奇妙なものが入った。何でもこの公園の造成時に、縄文時代の遺跡が発見されたという看板で、出土品の中には「祭祀」に使用されたらしい土器も見つかっているという。

祭祀という言葉が妙に引っ掛かった。

私は多目的広場全体を見渡せる場所を選んで携帯電話を取り出し、その俯瞰図を撮影すると、当時付き合いのあったミサキという女性に「この場所、何か見える？」と文章を添えて送信した。

このミサキは霊感が強く、特に「写真から色々な情報を読み取る」ことに長けていた。だから、彼女なら何らかのアドバイスをくれると感じたのである。ミサキからは、すぐさま返信が来た。

「……これどこの写真？　地霊みたいなでっかい口の塊《かたまり》が、グワーッと地面から盛り上がってるよ？」

送られた文面を見て、私が顔を引き攣《つ》らせたのは言う迄もない。

私はミサキに「心霊本を頼りに現場スポットの検証に来たんだけど、入ることが出来なくて、これを見つけた……」という文面を添えて、件の縄文遺跡のくだりの書かれた看板の画像を送信した。

「ああー、そういうことか！　そこ危ないから、早く引き上げた方がいいよ」

ミサキからもそんなメールが返ってくる。

公園の面積全体を覆い尽くす、謎の巨大な霊体（？）。

こんなものを相手にしていては身が持たない。

私は早々にその場を引き上げるべく遊歩道を出たが、あの公園裏側の小高い丘の上が気になり、そちらへ繋がる道路へと歩み出た。

ところが百メートルも進んだ辺りで、背後の高台へと繋がる道路は「工事中につき立ち入り禁止」という看板と虎模様のポールで繋がれたパイロンで封鎖されていたのである。どうやらここまでのようだった。後ろ髪を引かれつつも、私は、謎めいたこの心霊スポットを後にした。

自宅に戻ってからも先のＫ公園のことが頭から離れなかった私は、早速パソコンを立ち上げて周辺情報の検索を行った。

すると、とんでもないことが判明したのである。

元ネタに相当する心霊本には「N区内の怪奇スポット」として周辺で起きる怪異しか紹介されていなかったが、問題のK公園自体が都内屈指の心霊スポットであり、あの通行止めになっていた丘の緑地帯の正体は、かつて不治の病と恐れられた結核患者を収容するサナトリウム施設であった。当時その建物は解体中で、道路が封鎖されていたのはそれが理由であったらしい。だが問題は、医療廃棄物（患者の臓器等）を敷地内で不正に処理しており、それが発覚したためにその療養施設が閉鎖へと追い込まれたという噂である。

そして多くのサイトの記事は、その施設で非業の死を遂げた患者たちの幽霊が彷徨ってK公園に出るのであろうと結論付けていたが、それでは私やミサキが体験（？）した、敷地全体を覆い尽くす巨大な霊体の正体としては根拠が弱過ぎる気がしたのである。だが、この問題は後日氷解した。

ある怪談関係のオフ会に参加した時、「心霊スポット巡り」と称して深夜に幾つかの心霊スポットを巡る羽目になったのだが、その中のひとつに、このK公園が含まれていたのだ。そして私を含めた何人もの同伴者を引き連れた主催の方は、このK公園の入口で自身の遭遇した怪異を披露してくれたのだ。

件の主催者様が二人の友人を連れて深夜のK公園の遊歩道を散策していると、突然その一人が悲鳴を張り上げ逃げ出してしまった、
驚いた彼らも、公園から飛び出したというのである。
この最初に走り出した友人は霊感が強く「大型ダンプカーほどもある、巨大なものが自分らを喰らおうとしている」のが判り、恐怖に駆られて逃げ出したと彼に語ったという。

「あれだ」と瞬時に理解した。

祭祀という言葉は、現在に於いて祭、祭礼という言葉とほぼ同義語と言ってさしつかえない。従って現代人はそれを神社で行われているような、静謐《せいひつ》で清浄な儀式を連想する。だが、それは儒教や仏教の影響を多大に受けた、ここ千年程度の歴史のものでしかない。

「縄文時代の祭祀・祭礼」とは、諏訪《すわ》信仰などに名残りを残す原始宗教、いわゆる「アニミズム（自然の精霊）崇拝」であり、現代では野蛮とされ、あまり語られないのだが、生贄《いけにえ》を捧げる行為が当たり前に存在していた、ともいわれている。

そしてその中でも、最も大切な存在である人間そのものを捧げる「人身御供《ひとみごくう》」は神への最

大級の奉仕であると考えられていたらしい。

祭祀に使用されたらしい土器が出土しているのならば、このK公園の造成時に見つかった遺跡のコミニュティにも祭祀場は存在したであろうし、前述の人身御供がされていなかったという保証はどこにもない。

そして問題は、病院が閉鎖された理由といわれる、医療廃棄物として処分しなくてはいけなかった結核患者の臓器等を「敷地内に埋めて違法投棄していた」という噂だ。

これが事実であったとしたら、かつて、古代の精霊らに生贄を捧げていたかもしれない土地に、大量の臓器を埋めるという行為は、一体どういう結果を招くというのだろう。

彼のK公園の敷地内を徘徊する、ダンプカー程もあるという巨大な霊体の正体は、恐らく――。

※追記
この問題のK公園は現在、裏手にあった病院跡が撤去され、前述の多目的広場を含む敷地を併合して、名称も変わっている。三度目にこの地を訪れた時、問題の根源となっていた廃

施設が撤去されていたためなのか、筆者は初めてあの公園に降り立つことが出来た。

しかし、解体撤去された建屋の跡には、現在でも謎の「立ち入り禁止区画」が存在しているということを、ここに書き加えておく。

肉塊

こちらは「祭祀場」のスピンオフ的な逸話となる。

ある年の夏に参加した怪談会で、私は先の都内某公園に纏わるエピソードを披露し、会場の参加者から大きな反響を得たのだが、会に参加していた田中さん（仮名）という建築関係の仕事をしている男性が「そういえば私も」と、先の公園に纏わる不気味な体験を語ってくれた。

幸いにも本人から許可を得ることが出来たので、本項で紹介してみようと思う。

田中さんは中堅どころの建築会社のベテランなのだが、ある時、先の東京N区に位置する某公園施設基礎工事のヘルプに赴いたことがあるという。

彼の会社の管轄外の場所ではあったが、知り合いの関係者から「N区内の業者だけでは手に負えなくなって」と頼み込まれ、顔見知り業者の監督数人と一緒に現場に派遣されることとなった。

そこはちょうど建物の基礎を仕上げているところで、地面は二メートル程までの深さにまで掘り下げられ、その足元はコンクリートで固められており、あちこちに鉄筋が剥き出しになった支柱が立っている。

勿論そこには梯子を使って下りていくのだが、元請け業者の現場監督は、田中さんをはじめとした三人に、奇妙な質問を投げ掛けてきた。

「……あのさあ、現場に入る前にちょっと聞いておきたいんだけど、君たちさぁ、お化けとか見えたりする？」

「はあ？　まあこういう仕事をしていると、少しはあったりしますけど」

「いやちょっとね、そうじゃなきゃいいんだよ」

変な質問をしてくるなあと思っていたら、足元から野太い悲鳴が起こり、いかつい作業着姿の男性が大泣きしながら梯子《はしご》を上ってきたのである。

「出たぁ、出たぁぁぁぁぁ……！」

「はいはい分かった、見ちゃったんだね。きみ、もうここはいいから」

現場監督は涙目で震える男の肩に手を置いて、現場事務所のプレハブを指差した。

「あいつも駄目かあ。まったくいい年して、男が涙目なんかしてんなよ」

先の作業員がよろけながら事務所に向かうと、監督は吐き捨てるように呟いた。

「……あの、今の人、どうされたんですか？」

「まあまあ、いいからいいから」

作り笑いを浮かべて監督は、現場であるコンクリートの張られた地下室の基礎に下りていく。田中さんと残りの二人も彼の後に続いて梯子を下りた。そうして彼の指示通りに作業を少しこなしたところで、

「さて、ところで君たち、ここで何か、見えたりしちゃわない？」

また監督から変な声が掛かった。

（ん？）

何回も妙なことを聞くなと思いつつ、周囲を見渡していると、反対側の作業場の既に完成している支柱の間に奇妙なものが居る。

それは、直径一メートル、高さ六十センチほどの「肉塊」であった。

（なんだ、あれ？）

田中さんは、少し離れた場所に佇む肉塊のことを監督に報告すると、

「……ああ、君、見えちゃってるんだ？　じゃあ、もう帰っていいよ」

「え、何ですそれ？　まだ自分、幾らも仕事してないですよ？　そもそもあれ、何なんですか？」

「いいからいいから」

そんな答えじゃ納得が行かないと田中さんが食い下がると、

「この現場で、アレ見ちゃった人、そのまま仕事してると、必ず事故に遭うんだよね。だから区内の業者だけじゃ手が足りなくなってヘルプ頼んだんだけど、あんまり意味なかったなあ……」

投げやりな口調で、監督はそう答えた。

やがて暫くすると、田中さんと一緒に来たヘルプの監督たちも現場から引き上げるように指示されたらしく、ぞろぞろと梯子を上がってきた。

「……やっぱり何か見たんですか？」

訝しんだ田中さんが尋ねると、一人の監督が、

「……あれ、何なの？　『人柱《ひとばしら》』とかいうヤツ？　完成途中のコンクリの柱の中に、皮剥《は》いだ人みたいなのが挟まってるの見たんだけど……」

そんなワケないじゃないですかと言葉を交わしていると、もう一人の監督が、

「この現場駄目だぜ。あれ、元々人間だったものだろ？」とげんなりした口調で呟いたという。だいぶエグいものを見たらしく、彼は詳細を語らなかった。

そして田中さんら三人は、引き上げる際に件の監督から「ここで見たことは一切口外せぬように」一筆書かされて現場を後にしたそうである。

ここで「祭祀」は本当に行われていたのかもしれない。

待ち受け

青森県にお住まいの、えみりさんという女性の体験談である。

十数年前の出来事だという。

ふと気が付くと、自分の当時使用していたガラケーの画面に異変が生じていた。当時ファンだった男性アイドルの画像を待ち受けに使用していたのだが、いつの間にかそれが、四十代後半の中年男性のそれに変わっていたのだ。

今は県内に戻ってはいるが、えみりさんは以前、函館の福祉施設に勤めていた。そこに出入りしている「おじさん」と呼んでいた業者の男性の画像である。

「えみりちゃん、いつも元気だね」「頑張ってるね」とにこやかに挨拶をくれるので、彼女の方もいつも笑顔で挨拶を返していた。

とはいえ、何の変哲もないアングルではあるものの、この男性を写真に撮ったことは一度もないし、ましてや待ち受け画像に設定した覚えもない。

変だなと思いつつも、画像を消去して元のアイドルの画面に設定しなおした。

ところが、三日とたたず、待ち受け画面はおじさんに戻っている。

変だなと思って画像フォルダを開いても、そもそも元画像が存在していない。この頃から、えみりさんの周りに、先の男性の影がちらつき始めた。

仕事中や買い物中、ふと見るとおじさんが、職場のロビーやスーパーの売り場の片隅に、人ごみに紛れて笑顔で立っている。おやっと思って声を掛けようと思うと、どこにもいない。

(あれ、おじさん、函館からこっちに来ているのかな？)

えみりさん自体は函館にいる頃、特におじさんと仲が悪かったわけではない。

むしろ親近感を覚えていたくらいなので、なぜ声を掛けてきてくれないのかと不思議に思っていた。

だが、そのうち、おじさんは家の中にまで出てくるようになった。

自宅で家事をしていると、玄関口や勝手口の上り框《かまち》の辺りから、こちらに向かってにこにこ笑いながら立っているのが見える。

あれっと思って視線をやると、やはりその姿はない。

とはいえ、流石《さすが》にこうなってくると待ち受け画面の件もあり、少し気味が悪くなってきて、交際していた彼氏に相談を持ち掛けた。


「そんなバカな」

初めは相手にもしてくれなかった彼氏のコウジさんだが、えみりさんのガラケーに表示されたおじさんの画像がフォルダーに見当たらないのを確認すると「うーん」と唸って腕を組んだ。

「なんか気持ち悪いな。××のカミサマに見てもらうか」


ここでいう「カミサマ」とは、神社などに祀られている祭神を指すのでなく、青森県や岩手県などの風土に根付いた民間信仰の占い師や霊能者のような存在で、現在でもあちこちの村や集落で、お宮参りや相談事を受け付けていたりする。

えみりさんの住む町のカミサマの元を訪ねて、現在彼女の身辺に起きている奇妙な出来事の一部始終を打ち明けた。

「ああ、この方亡くなってるね。心臓の発作か何かだよ」

例の待ち受け画面をひと目見るなり、カミサマはそう答えた。

「この方、生前からあなたに恋心を抱いていたみたいだね。独身だったか離婚されたのかは分からないけど、一人住まいだったみたいで、普段から寂しかった方なんだろうと思う。だからいつも明るいあなたのことを気に入っていた。でも年の離れた自分など相手にされないだろうと、その想いを胸に収めていた」

そこでカミサマは、一旦言葉を切った。

「でも今は、一人で死んだ寂しさと悔しさのあまり、お気に入りだったあなたを連れていこうとしているよ。以前と違って、幽霊になった今なら、と思っている。もうこの人、あなたの家にまで入り込んでいるだろう？」

その言葉をカミサマから聞いたとき、えみりさんはもの凄い衝撃を受けた。

決して自分とおじさんの仲は険悪なものではなかったし、久しぶりに町中でその姿をみたときは、懐かしさすら込み上げてきたからである。

しかし、おじさんの方は……。

複雑な思いが交差して言葉が続かないえみりさんの傍らから、彼氏が声を掛けた。

「……いや、えみり連れていかれちゃうのは困ります。どうしたらいいんでしょうか？」

するとカミサマは祭壇に向かって祝詞《のりと》（？）を唱え、そこにあった紙包みを取り上げて、えみりさんに手渡した。

「中に御祈祷した塩が入っています。これをあなたの家の玄関先と、その方の家があった方向目掛けてずっと撒きなさい」


帰宅したえみりさんは、自宅であるアパートの玄関と、それから函館の方向に向かってカミサマからもらった塩を撒いた。

するとその晩。

鍵をかけてあるはずの玄関扉がガタガタと揺れて、キッチンで床がミシリと軋み、続いて重い足音が、寝ているえみりさんの枕元に近付いてきた。怖ろしさのあまり、布団から顔を上げられない彼女の周囲を、不気味な足音は二周、三周とぐるぐる歩き回る。

だが、それ以上はなにも出来ない様子で、やがて夜が明け始めると同時に足音は遠のいていき、やがて戸外へと出ていったそうである。

「私は別に、あのおじさんに対して何の嫌悪も悪感情を抱いてもいませんでした。でもそんなのは関係なくて、向こうがこうと思ったらという、一方的な理不尽さにはゾッとしました。あのまま警戒心を抱くことがなかったら、私はどうなっていたんでしょう？」

以降、えみりさんの携帯画面の待ち受けに「おじさん」は現れていない。

光学迷彩

最上くんは、その週末に狙っていた新作洋画のＤＶＤを行きつけのレンタルショップで首尾よくゲットし、ついでに何か面白そうな作品はないかと、周辺の棚を物色していた。

すると。

向こう側から一人の男が歩いてきた。

ポロシャツにスラックス姿の、何の変哲もない中年のおっさんだったが、それにもかかわらず、最上くんはその場に立ち尽くしてしまった。

向こう側の棚が透けて見える。

おっさんは、映画「プレデター」に登場する宇宙人の光学迷彩を連想させる、ぼやけた半透明の輪郭を持っていた。

（えっ、何これ？）

狼狽する最上くんを尻目に、半透明のおっさんは彼の脇を擦り抜けて、躊躇《ためら》うことなく店内の奥に設けられた「十八歳未満立ち入り禁止コーナー」のカーテンを捲り、その向こうへと消えていった。

（え……？　なにあれ、幽霊？　そういうのがアダルトとか借りに来るの？）

幽霊が会員証などどうやって作ったのかと的外れな考えを巡らせていると、暫くして再びカーテンが捲れ、あのおっさんが姿を現した。

だが。

数枚のＤＶＤを抱えたおっさんは、今度は実体化していた。

呆然とする最上くんの心情など知らずに、戦利品を抱えたおっさんは、つかつかとカウンターの方角へと歩いていったという。

「あのおっさん、何となく、アダルトコーナーに入るの他人に見られたくなかったんじゃないですかね。でも実体化しないと貸し出しは無理だし……」

某有名レンタルショップでの出来事だそうである。

ヨガのポーズ

瀬里奈さんは、趣味でヨガを行っている。

趣味で始めたパワーストーンの蒐集をきっかけに、馴染みになった店員さんのお誘いでヒーリングや気功、健康太極拳などのセミナーに参加するようになり、このヨガも、そうして始めたもののひとつだったそうである。

近年、霊感商法へと繋がり易いので、あれこれと批判の多いスピリチュアルであるが、彼女に関しては、仕事の疲労やストレスも軽減されるし、また参加していたサークルにも怪しげな人間が居なかったので、自分なりの『スピリチュアルライフ』を満喫していたそうである。

その週末も、瀬里奈さんはヨガのセミナーで習ったポーズを自室で独習していた。

凝り性で、一度火がつくと、ある程度の技量に至るまでにならないと気が済まない彼女は、軽く汗まみれになりながら、幾つものポーズを取り続けた。

ラクダのポーズ。三日月のポーズ。上向きの弓のポーズ。

結跏趺坐《けっかふざ》に座り直して、呼吸を整える。

彼女はセミナー内ですでに中級者クラスに在籍しており、インストラクターの講師からは、いくつかの難度の高いポーズも伝授され始めていた。

その日は、そうした新しいポーズの練習に励んでいたという。

片足を上げたブリッジ。サソリのポーズ。

捩《よ》じった三角のポーズ。飛翔するカラスのポーズ。


とにかくこの日は調子が良く、瀬里奈さんは新しく教わった難度の高いポーズに挑戦してみることにした。それはあるインドの神格の名称が付いたポーズであるのだが、このポーズを行う際に、インストラクターは、ある不思議な注意を練習生たちに告げていた。

「このポーズは、ある意味その神格になり切るポーズでもあるので、行っている時は絶対に後ろを向かないように。ヨガも上達すると勝手にチャクラが開いてくるので、その神をこちらに召喚しかねないから」

チャクラとは、ヒンドゥーヨガの思想で、人体の中心に点在する七か所のツボで、そこから外部の高次元エネルギーを取り入れ、体内で利用可能な形に変換する場所であるとされている。とはいえ瀬里奈さんはそこまでオカルト的な思想に染まっていなかったので、その指導に関しては、さらりと聞き流していた。

そして、教わった神のポーズを取った時、突然部屋の中の空気が変わった。

(えっ、まさか……?)

反射的に後ろを振り向いてしまった。

すると。

背後の空間は、真っ黒な闇に変わっており、そこにひと筋の亀裂が生じ、その隙間をこじ開けるような指が覗いたのだ。驚いた瀬里奈さんは床に転倒した。

慌てて起き上がると、空間は既に消えていたという。

「以来、そのポーズを取る時は、絶対に後ろを向かないようにしています」

猿修験者

克也くんは、昼寝をしていたその日の夕方、窓の外から聞こえてきた妙な掛け声で目が覚めた。

はーっ、はっはっはっ……！

その声は庭先から聞こえたので、自室のある二階から下を覗いたが、別段変わったところはない。気が付くと全身びっしょりと汗まみれで、部屋の中には不可解な熱気が籠《こ》もっている。

彼の住んでいる地域は都市部に比べて標高が高い。異常気象が気になる昨今ではあるが、五月の半ばでは、まだまだ空気が気持ちのいい季節なので、窓を開けて寝ていたのだが「何でこんなに暑いの？」と首を傾げた。

その時である。

はーっ、はっはっはっはー……！

またあの奇妙な声が聞こえて、窓から顔を出した克也くんは、再び首を傾げた。

（外、全然涼しいじゃん？）

なんだこりゃと顔を顰めたものの、喉の渇きを覚えた克也くんは、キッチンで飲み物を飲もうとして階段を下りた。

すると居間から、洗濯物を畳んでいた母親が、額の汗を拭《ふ》きながら、「なんか今日は変よねえ。日が傾いてから、急に暑くなった気がするのよ」とこちらを向いて声を掛けてきた。なるほど一階のキッチンも母親のいる居間も、真夏かと思う位にメチャクチャ暑い。コーラを注いだコップを傾けながら「さっき庭先から声しなかった？」と尋ねると、何も聞こえなかったと返事がくる。

いや、さっき二階から顔出したら、外は涼しいんだよねと告げると「そんなわけないでしょう」と母親は洗濯カゴの方に視線を戻した。

変だなと首を傾げた克也くんは、縁側から踏み石の上に置いたサンダルを突っ掛けて、庭へと出てみた。

すると、やはり外は、ひんやりとした空気が流れている。

「ほら母さん、やっぱり外の方が涼しい……」

母屋の方を振り返り、そういい掛けて克也くんは絶句した。

何と、彼の家のシルエットと重なって、半透明の巨大な「もの」が見えたのだ。

それは、時代劇に出てくる修験者のような装束を身に着け、印を組んで結跏趺坐で座っているのだが、その状態で二階建ての彼の家より背が高かった。そしてそいつの顔は驚いたことに、真っ赤な顔から汗をだらだら滴らせた「猿」だったのである。

唖然とする克也くんの頭上で、馬鹿でかい猿修験者は、大きな鼻の穴からすうっと息を吸い込むと頬を膨らませ、すでに真っ赤な顔を更に紅潮させる。


はーっ、はっはっはっ……！

仙人の呼吸法みたいなあの掛け声が口から出ると同時に、座禅を組む猿修験者の全身から、溶鉱炉のような、すごい熱波が放たれた。

（うわ、犯人こいつだ……！）

猿修験者は足元の克也さんの存在などまったく気にせず、再び鼻の穴を広げ頬袋を膨らませると、再び大きく息を吸い始めた。

はーっ、はっはっはっ……！

「あれ、またなんか暑くなった？」

巨大な化け物の透けた腹の位置から、のんびりした口調で母親が声を掛けてくる。

「あ、なんかゴメン。やっぱり外も暑いから、そこのコンビニ行ってアイスでも買ってくるわ」

克也くんは呆れた心境で、近所のコンビニへ出向いたという。

彼がアイスの入ったポリ袋を抱えて戻ってくると、意味不明で迷惑な座禅を組んでいた、巨大な猿修験者はいなくなっていたそうである。

「一種の妖怪みたいなもんなんでしょうけど、あいつ、ウチの庭で一体なにやってたんですかね？」

妖怪じみたものも、人間みたいに修行に励むということがあるのだろうか。

カジョーラ返し

パワーストーンやブレスレットを扱うオンラインショップを経営する稲葉さんとは、某SNSを介して知己を得た。

私の著書に共感を抱いてくれたとのことでメールを戴き、共通の神社に足を運んでいたこともあって、何度かのやり取りの後に、それではお会いしましょうかという流れとなり現在に至っている。

彼女は生まれつき霊感的な不思議な力を持っていて、簡単な霊視や疾病程度のものなら、それを用いて治すことも出来たので、本業の他に口コミ限定で「そちら方面」の仕事を引き受けることもあるそうである。

そういった経緯で、異談集編纂の際には取材を兼ねて意見などをもらっていたのだが、何回目かにお会いした時、ふとした切り口から「カジョーラ」の話題となった。

カジョーラあるいはハジョラーと呼ばれるこの呼称は、沖縄の方言であり、本土の人間はあまり馴染みのない言葉かもしれない。

直訳すれば「蕁麻疹《じんましん》」ということなのだが、実は「霊的によくない場所や墓地などの側を通った時、あるいは穢れたものに触れたり関わった時に現れる発疹や肌荒れの症状」という含みがある。

私がこの言葉の存在を初めて知ったのは某人気心霊コミックの中で、沖縄出身の方が東京に来てから「医者も首を捻る謎の皮膚炎」に悩まされ続け、ユタ出身の霊能者の見立てで、それがカジョーラだと判明するエピソードだ。霊的に敏感である沖縄人が都会のあちこちに吹き溜まる「よくない気」に触れてアレルギーのような症状を起こしているといった話であった。

かくいう私も、業界でいう大ネタ系の話に関わっている時、両手の皮膚がずる剥ける位の酷い皮膚炎を起こしたことが二回あり、その都度、皮膚科の医師から出される強力なステロイド軟膏で対処していた。

一体、この症状は何なのだろうと考えていた時に先のマンガを目にして「ははあ」と思った次第であり、様々な寺社と関わりが深まるにつれ、以前のような重い症状は滅多に出なくなった。

とはいえ普段の生活に差し障りない程度の炎症は、執筆に関わっている時にちょこちょこと出る。ちょうどこの時も左手の中指と人差し指の間に奇妙な皮膚炎が出来てじわじわと広がっていた。それの原因であろう人物の存在も分かっていたので「稲葉さん、そう言えばちょうどカジョーラの小さいヤツが出てるんですけど、治せます？」

戯れに問い掛けると「やってみましょうか？」と稲葉さんは応えて、人差し指をちょいちょいと折り曲げ、何かを引き出すような仕草をした。

「掴まえた」

人差し指と親指で何かを摘まむ仕草をする稲葉さんは私にこう問い掛けた。

もちろん私の目には何も見えない。

「これ、どうします？」

先程も述べた通り、心当たりはあったので「本人に返してあげて下さい」と告げると、彼女は何かをポイッと投げ捨てる仕草をした。

どういうものを取り出したのかと尋ねると、長さ二センチ、太さ一センチ位のくねくね蠢《うごめ》く「虫のようなもの」だったという。

その「虫」が本人に返ったかまでは確認の仕様がないのだが、その晩を境に、爛《ただ》れていた箇所の腫れが治まり、数日後には指の合間に出来ていたカジョーラが綺麗に引いていたということを、結果として付け足しておく。

世の中には、実に摩訶不思議な人々が存在する。

災禍

　稲葉さんからは、こんな話もお預かりした。

九州にいる知人を介して、ある夫妻が、彼女に心霊相談を依頼してきたという。

何でも親子三人で、夜景のきれいなある観光スポットを訪れて以来、御主人の体調が優れなく、病院で診察を受けても改善の兆しがみられない。

そんな折りに先日出掛けた観光地が、女性の焼身自殺があった場所だと耳にして、それが原因ではないかと考え、藁《わら》をもすがる思いで頼ってきたそうである。

対面で詳しい事情を聞くことになり、稲葉さんは日程を調整して、飛行機で九州へと出向いた。

知人の家のリビングに待ち受けていた依頼者は、二十代らしい若い夫婦。相葉さんに向かって丁寧に頭を下げた。

だが。

稲葉さんはこの件が、予想以上に難儀であるということを察した。

テーブルを挟んで向かいのソファに座る相談者の御主人の足に、うつ伏せになった女が、両手でがっちりしがみ付いている。

年齢は、二十代の中頃位だろうか。

白のブラウスにスカート姿。

セミロングの髪が幾筋かに別れて、ぱらぱらと肩口で解《ほぐ》れている。

袖口から覗く真っ白な手首と二の腕は酷く痩せこけており、伏せた姿勢なので顔立ちのパーツまでは判然としない。

稲葉さん以外に姿を見えている様子がないので、もちろんこの世のものではないのだろう。

件の焼身自殺した女に違いなさそうであったが、不思議なことにその姿は焼け爛れているはずの、悲惨なものではなかった。

そんな彼女の思惑をよそに、相談者夫婦は身辺状況を真摯に語り続ける。

「子供の方も、あの日以来調子を崩したままで。今日はここに連れてこれなかったんですけど……」

若い母親は、スマホにお子さんの画像を出して、稲葉さんに見せた。

だが、画面一杯に現れた幼子の顔は、溶けたロウソクのように、ぐにゃりと歪《ゆが》み潰れている。

（ああ駄目だ、この子は取り込まれた。手遅れだ……）

俗に邪《よこしま》なものの類は、弱いものに狙いを定める。

ペットなどの小動物が居るならまずそこから。肉親であれば幼児や老人が先に狙われる。そうして精神的に揺さぶりを掛け、追い詰めて、最終的には家族全員を毒牙に掛けて取り込んで行く。

自殺者の女は、先に夫婦の子供に狙いを定めたのであろう。

その場で行った浄霊自体は成功して、女は御主人の足から離れて消えたが、幼子の行く末を垣間見てしまった稲葉さんは、夫婦にそれを告げられず、曖昧《あいまい》な返事をするのが精一杯であったそうである。

そして後日、知人を介して、御主人の体調は回復したが、残念ながら赤ちゃんの方は亡くなられたという連絡が彼女の元に届いた。

「……その御夫婦自体は、とてもよい方々だったんです。だから残念でなりません。肝試しに行ったとかではなく、何も知らずにそうした場所に立ち入ったというだけで被った。ああいうものに目をつけられてしまったんです。最近動画サイトで『心霊スポット突撃！』なんていうのが流行ってますが、再生数稼ぎの冷やかし半分なら絶対にやめて欲しいです。手の打ちようがなくなってから『何とかしてくれ』といわれても、このケースみたいに、関係のないものが被るという、どうしようもないこともあったりしますから……」

稲葉さんはそう強く力説されて、この話を締め括ってくれた。

ミワコという女

埼玉県鴻巣市《こうのす》にお住まいの天田さんは、十数年前、不可思議な夢に悩まされたことがある。

初日に見た夢は、彼の行きつけのパチンコ屋で玉を弾いている時であった。空いている隣の席に、突然女が座って笑い掛けてきた。年の頃四十位の、小綺麗な印象の女だったという。

「初めまして。ミワコといいます」

夢はそこで終わった。

二日目の夢は、どこかのホテルのレストランのような場所。

天田さんは慣れない正装をしていて、隣には親戚の伯父伯母が座っている。

どうやらお見合いの席のようだった。

すると、仲人らしい御婦人と一緒に、四十歳位の黒いワンピースを着た女が現れて、お辞儀をすると彼の目の前に着席した。

「こちらは赤井ミワコさんと仰《おっしゃ》るの。宜しくね」

彼の前で微笑《ほほえ》む見合い相手は、前日の夢でパチンコ屋の席の横に座ったあの女であった。

三日目の夢は、ミワコとどこかの街中を歩いている夢であった。

二人の仲はまるで恋人同士。カフェに入って他愛のない会話をしたり、ショッピングモールでお互いの服を見繕いあったり。

「また会ってくれますか」とミワコが告げて、夢はそこで唐突に終わる。

四日目の夢は、どこかの居酒屋でミワコと楽しくお酒を酌み交わし、その後はとうとうラブホテルで、彼女と関係を結んでしまうというものだった。

五日目の夢は、天田さんの親類、そして赤井ミワコの親類を交えて結納《ゆいのう》を交わし、結婚式の発表と式場の予約をするというまでに発展していた。

ところが目覚めた天田さんは、奇妙な違和感を覚えた。件の『赤井ミワコ』の顔をどうしても思い出せないのである。それどころか結納の場に詰めていた彼の親類の顔もミワコの親類の顔も全て思い出せない。

そもそも天田さんに、伯父伯母などいないのである。

同時に、その頃から彼の周辺には、不可解な女の姿がちらつくようになった。

その小柄な黒いワンピース姿の女はふと見ると、職場の隅、街角の陰、雑踏の向こう側から、こちらをじっと睨んでいる。ある晩などは、寝室の枕元で、上からこちらの顔を覗き込んでいた。

驚いて目を凝らすと、その姿はすうっと消えてしまう。

（あの女はひょっとして、夢に出てくる『赤井ミワコ』なのでは？）

その日、天田さんは原因不明の発熱で寝込んでしまった。

仕事を休んで寝床でウトウトしている最中に、とうとう六回目の夢を見てしまう。

それは成田空港で大勢の人に見送られながら、赤井ミワコと新婚旅行でパリに出発する夢だったという。

「うわっ……」

汗びっしょりで目覚めた彼は、第六感であの『赤井ミワコ』という女が、自分をどこかへ連れ去ろうとしてるのではないかという不安に駆られた。それまで彼は、幽霊とか心霊現象を信じていなかったし、そもそも『赤井ミワコ』という女に対して、何の心当たりもない。

しかし、このままだと、取り返しのつかないことになる予感があった。

とはいえ、こんな話を両親に話しても信じないだろうし、友人や職場に頼れそうな人間は見当たらない。思い余った天田さんは、自身の登録しているSNSに顛末の一部始終を書き込んで、リンク先のユーザーらに助言を求めた。

すると相合リンク先のオカルト通である大藪さんというユーザーから、

「因果関係が不明ですが、天田さんはその女に連れていかれる気がする。とりあえず私の持っている浄霊用の塩とお香を送ってあげたいので住所を教えて欲しい。品物が届き次第、家の全部の部屋にお香を焚いて、寝床の周りにはそのお塩を撒いて下さい」という旨のダイレクトメッセージが届いた。

大藪さんに住所を伝えると、彼からはその日のうちに塩とお香を宅配便で送ったと返信があった。ところが到着予定日になっても荷物が届かない。たまたま遅配なのかと思っていたが、次の日も、その次の日もお香と塩は届かない。おかしいなと首を捻っていると、三日目の夕刻に大藪さんから「品物は届きましたか？」という問い合わせメッセージがあり、天田さんが「届いていない」と返信すると「邪魔をされているかもしれません。ただその女が塩とお香を嫌がったのなら、手元に届けば何とかなる可能性は大です」とのひと言。

大藪さんの助言に従って天田さんが宅配便の担当拠点に電話を入れると「少々お待ち下さい」の返答のあと、責任者が電話口に出て突然謝罪を始めたという。

天田さん宛てに送られた『荷物』はなぜか、理由不明で配送予定棚の中に三日も放置されていたというのである。

夜半に大急ぎで届けられた荷物を開けると、天田さんは大急ぎで家じゅうの部屋という部屋にお香を焚いて、寝床の側には塩を撒いた。

その晩から天田さんは、高熱と全身の異様な筋肉痛に襲われて、会社を一週間休む羽目になった。


熱が引いた日の明け方、あの女『赤井ミワコ』が枕元に立った。

彼女は天田さんに向かって、自分はとある海岸で高波による事故で死んだのだが、その人生は、亡くなるまで後悔と無念の連続であったと告げた。

だから、あのパチンコ屋でふと天田さんを見掛けたとき、今度こそ思い残すことのないように、伴侶を得ようとしたのだと語ると、そのまま消えてしまったという。


「怖かったけど、少しかわいそうな女性だったかなと」

以降、赤井ミワコは天田さんの元に現れていないそうである。

北関東心霊地帯（後）

「……科学はもちろん、非常に鋭い知性のもとで研究を進めるわけですが、やはり、直感と霊感をたよりに暗中模索、悪戦苦闘、試行錯誤を繰り返すと、たまにやって来る幸運、チャンスがある……」

（江崎玲於奈）

壁に掛けられた時計は、午前零時を指そうとしている。
購入してきたビールは全部飲み干してしまい、本田さん宅にあった焼酎をジュース割りにしながら、私がこれまで取材してきた話や怪奇体験を熱っぽく交わしていたものの、互いに昼間は仕事をこなしてきた者同士、久しぶりの深酒でもあり、次第に口が重たくなってきた。
「自分はそろそろ寝ようと思いますが、本当にここに寝るんですか？　二階には他にも部屋がありますから、そこで寝ても構いませんよ？」再び念を押されて私が頷くと、本田さんは心配そうな顔をしながら、「何かあったら、すぐ上がってきて下さいね」と、頭を下げながら階段を上っていった。さて、とうとう一人になったが、灯りを消すのだけは憚られた。

突然、目の前に立たれたら、どんな豪胆な人間でも肝を潰す。

一歩間違えば、暗闇と慣れない間取りで、足をぶつけたり転倒しかねないからだ。

さあ、屋外から何者かの声が聞こえてくるか。

はたまた玄関の扉がノックされるのか、右手の庭に面したサッシ窓のガラスが叩かれるのか。はたまた焼身自殺をしたという安藤さんや、赤いワンピースの女の子が、いつの間にか部屋の中に佇んでいるのだろうか。

時計は午前一時を指して、周辺の静けさに更なる質量が加わり始める。

灯りを点けっぱなしのまま、リビングが一望できる位置のソファに陣取り、私は傍らにK神宮の木刀を携えたまま、怪異の発生を待ち続けた。

——待ち続けていたはずだった。

はっと、いつの間にか眠りこけていた自分に気が付いて顔を上げると、周囲がやたらに明るい。よく見ればカーテンの引かれたサッシ窓の隙間からは、朝の陽射しが差し込んでいる。

壁の時計を見ると、午前七時を指していた。

（え？　あれ？　あれれ……？）

毎日発生するという、怪異・ポルターガイストはどうしてしまったのか。

それとも深酒のし過ぎで、それが起きたにもかかわらず、私が寝こけてしまったのか。この困った状況に戸惑いを見せていると、暫くして頭上の階段の手摺りの陰から、本田さんがおっかなびっくり顔を覗かせた。

「……無事ですか？　大丈夫でしたか？……」

「いや、何も起きなかったみたいで……」

「ええっ、マジですか？」

声色から、芝居をしている雰囲気ではないことが伝わってくる。

「うん、今回はこれがいけなかったかな？」

私は袋に入ったままの、K神宮の木刀を持ち上げて呟いた。

幽霊が出て何かをしでかそうとしたら、問答無用でぶっ叩くつもりだったのだが、あちら側も、はなからやる気満々の人間に勢いを削がれたのかもしれない。

「……いや、やっぱり怪談書いてる人は凄いなって。自分はとてもここで寝ようなんて気になれないのに。一人で大丈夫なんていうから心配で暫くは聞き耳立てていたんですが、酒が効きすぎちゃったみたいで……、やべぇ、下で死んでたらどうしようかって。今、おっかなびっくり下りてきたんですよ……」

本田さんが朝食の支度をしてくれるというので、その間に私は外に出て、もう一度、このFという地域を目に焼き付けておこうとした。

さすがに明るくなっているので、今度は彼も止めはしなかった。

まず驚いたのは本田さんの家を中心として、門柱からインターフォンが外されている家が周囲に十軒以上あったことである。

これ程の世帯数が謎のピンポンダッシュ被害に遭っているにもかかわらず、犯人は未だ捕まっていないとのこと。そして、住民らにはそれを「外す」以外に対処法がなかったのであろう。ここで何かの異常が起きていたのは間違いなさそうだ。

Fはそこそこの広い住宅地なのだが、本田さんが述べていた通り、その区画側にコンビニや商店に相当するものが一軒もない。それどころかジュースの自動販売機すら存在していないので、確かに夜中の散策に向いている場所とは思えない。

そしてもうひとつ、歩き回っているうちに気付いたことがあった。

やはりこれも、東京などに住んでいる人間にはピンと来ないかもしれないのだが、都市部の区画は大体漢字の「井」という文字に似ていて、道路を一本間違えたとしても、方向感覚に頼れば、概ね迷い込んだ場所から抜けられる。

ところが、このFという住宅地は、境界まで達すると、そこから先が斜面となり、ガードレールが行く手を阻んでいる。気になって方々を歩き回ってみると、驚いたことに、この地域の四隅がどん詰まりになっているのだ。

漢字の「申」という字を思い浮かべてもらえば、伝わり易いだろうか。

昨晩、私が本田さんの誘導で登ってきた坂道とは、ちょうどこの文字の真ん中の棒線にあたる部分なのである。こんな作りの住宅地へ地理に疎い車が紛れ込んできたら、元の県道まで戻るのはなかなか難しい。

これは、風水の本やプロの方から聞いた話を総合した説をはめただけではあるが、いわゆる死霊や魔物の類というのは、直進しか出来ないそうなのである。

そのため進路上に置いた鏡とか沖縄の石敢當《いしかんとう》のような魔除けが有効とされるそうで、仮に火葬場から降り注いだ灰と共に、成仏出来ていないものがこのF地区に迷い込んだら、彼らがそこから抜け出るのは難しいのではないだろうか。

すなわち、その説が正しいとするならばFという住宅地は、霊的なものが溜まり易い場所ということになる。


私は、これに作りが近い街並みを知っている。

生きてはそこから出られないと言われた「旧・吉原遊郭」の街並みである。

なるほど確かに、舞台装置が整い過ぎている気がした。

そんな場所のすぐ頭上に火葬場と斎場を作ってしまった。この辺りが本田さんのいうような、単なる新興住宅地を心霊スポットへ変貌させた原因なのかもしれない。

ただどうにも、肝心の現象自体を目撃しない以上、それを断言するには物証が足りない。

もう少し時間が必要だったが、今回はここら辺りでタイムアップである。周辺状況を調べ終えた私は、今度は真夜中のF地区を歩いて探ってみたいので、もう一度機会を設けて欲しいという要望を本田さんに伝え、彼もそれに快く賛同してくれた。

「次に来てくれるのを心待ちにしてますよ」

付近や県境を跨いだ観光スポットを三つ程巡った後、国道沿いのファミレスで遅めの昼食を取り、彼とはその駐車場でお別れとなった。

ところが、その晩のことである。

無事に自宅へと戻った私が、今回のＦに関する出来事をノートに纏めていると、突然デスク脇に置いていた携帯が鳴り始めた。

発信元は本田さんからである。時計を見ると午後十一時半。

「ああ、本田さん、本日は色々とお世話に。こんな時間にどうしましたか？」

電話の向こうの、彼の声は裏返っていた。

「……あの、あのう、今、二階の寝室に居るんですが、一階の、一階のいつものヤツが、これまでにない程メチャメチャ凄くて、地震みたいにズシンズシン家全体が揺れてるんです！　下で物がひっくり返ったり、ガラスがぶっ壊れている音がこっちまで響いてきて、もう怖くって……！　これ、どうしたらいいんですか？」

どうしたもこうしたもない。

本田さん宅と私の家では距離にして二百キロ以上離れているのである。これから駆け付けたところで夜が明けてしまうのが関の山だ。突然のことで一瞬、頭の中が真っ白になったが、すぐに思考を切り替えて、何とか朝まで耐えて下さいと伝えるのが精一杯だった。

電話を切った私は、途方に暮れた。

ひょっとしたらFの界隈を彷徨っている彼らは、K神宮の木刀構えて一階に寝ていた私という乱入者がお気に召さなかったのかもしれない。そんな理由で住人の本田さんが八つ当たりをされた可能性は大である。

翌日の仕事の合間、彼宛てにメールを入れると、どうやら騒動の割には大事に至ることがなく、それどころか家全体が震えた位なのに、家具や調度品その他は、やはり何の異常もなかったという。


だが、翌日も夜になると、再び霊たちの騒乱（？）は始まった。

前夜のように、ズシン、ズシンと家屋全体が揺れ動き、十数人の足音と破壊音が一階リビングを蹂躙《じゅうりん》しまくった。

「すみません！　これ、どうにかならないんでしょうか？　怖くてとても眠れないんです！　何とかもう一度、様子見に来てもらえませんか？　そうでもなければ御札とか御守りとか、応急の対策とか……！」

三日目の晩に本田さんからの泣き出しそうな電話が掛かってきたとき、私も返事に窮してしまった。彼の身を案じて飛んで行きたいのは山々なのだが、本業を抱えている手前、再訪の目途がすぐには立たないのである。

とはいうものの、K神宮の木刀を持ち込んだことが視えざる者たちの癇に障ったとしたら、ヘタな御札や御守りを送るのは逆効果になるかもしれない。何しろ私は、まだこのF地区の怪異らしきものの正体を掴み切れていないのである。信仰やら寺社仏閣に関わらない何かがないだろうかと思案に暮れた結果、ふと思いついたのが「鏡」である。

(そういえば八卦鏡の予備があったな……)

先日、ヒマラヤ塩を手に入れた横浜中華街で、同時購入した八卦鏡という中国系の風水アイテムで、玄関扉などに掛けると幽霊の侵入を弾く効果があるという。日本の街角ではあまり見掛けないアイテムだが、中国華僑の多いシンガポールでは容易に見掛けた。この鏡には凸鏡と凹鏡の二種があり、特に凹鏡は侵入しようとする幽霊をそのまま百八十度転換させて跳ね返してしまうという。それどころか鏡に映り込んだ周囲全体に影響を及ぼすと向こうでは信じられていて、香港やシンガポールでは、下手に吊るすとご近所トラブルにまで発展するという。

とはいえその時手元にあったのは民芸品に近い安物で、あのF地区の怪異に効き目があるとは思えない。だが風水具に「信仰」はあまり関係ないらしく、優れた風水師の手になじみ続けたものは別格だが、それ自体は単なる道具に過ぎないと手元の解説書には記してある。

こちらであれば基本的に神仏や信仰とは無関係なので「試しにこれを玄関に吊るして欲しい」と速達で品物を送ると、数日後、本田さんから意外な返信メールが届いた。

「現象収まりました！　あれは何なんですか？」

呆気に取られるとは、まさにこのことである。

確かに風水アイテムの解説書には「八卦鏡が幽霊や邪なものを弾く」と載っている。しかし、あんな土産物みたいなシロモノでも効果を得られるのか？

果たして風水具とは、そんな力を秘めたものなのだろうか？

そして、本田さんの家に夜な夜な訪れてくるものとは、一体何なのだろう？

私は幾つかの新しい課題に興味をそそられ、日程の調整を急ぎ、二度目のF地区探訪日は同年十一月の初めに整った。

ところが前回同様、職場から車で首都高に乗り、東北道へと向かう早々、電光掲示板に「××ジャンクション付近　事故　渋滞二十キロ」の表示がされていたのである。

慌てて遅れる旨を本田さんに伝えたものの、夥《おびただ》しい渋滞の途中で日が暮れたために一般道でも道を間違え、到着が十時を越えてしまった。

そのため彼と約束していた「日没からの探訪予定」は、あえなく崩れ去ってしまったのである。

前に述べた通り、彼の家には呼び鈴がない。

真っ暗な玄関先に車を停めて携帯を呼び出すと、玄関灯が点り、扉が開いて本田さんが顔を覗かせた。

「やあやあ、災難でしたね。飯の支度はしてありますから、さあどうぞ」

開け放たれた玄関扉には、私の送った八卦鏡が下がっている。だが、そこにある異変を認めて、私は顔色を変えた。幽霊撃退アイテムとして送った八卦鏡の縁《ふち》が捲れて、周囲の八卦図が上部から三分の一ほど剥《は》がれているのだ。

「すみません、これ、いつからこうなりました？」

「あ、わかんないです。気付いたら何か端っこから捲れてきて、一度接着剤で貼り直したんですけど、また剥がれてきたみたいで……」

本田さんがきょとんとした表情で返事をする。

どうやら彼はその深刻さに気が付いていない様子であったが、実は、これと同じ品物は、私の自宅ベランダの西側にぶら下がっている。現在では隣の敷地に新しいマンションが建ったので見えないが、以前はその方角の窓から墓地が見えたのである。そのため怪談綴りとしての縁起を担ぎ、風水具である八卦鏡を掛けているのだが、かれこれ十年ほど風雨に晒されてるのにビクともしていない。

ところがこちらは、僅かひと月足らずで壊れかかっている。

スッと腹の中が冷たくなったが、住人の本田さんに余計な心配をさせまいと私はその場では口を噤んだ。

「いやいや、またすぐに会えて嬉しいです。ところで送ってくれた『あれ』は何なんですか？掛けたその晩から静かになったんで、やっぱり怪談書いてるプロは凄いなーって思ってたんですよ」

食事とつまみの並べられたテーブルの前で缶ビールの口を開けながら、本田さんが笑顔で語り掛けてくる。相変わらず、どこか勘違いされている感は否めないのだが、激しくなったという現象が収まっているのならそれに越したことはないだろうし、笑い話ではないが「まさか効くとは思わなかった」と口にすることも憚られた。

「送ったシロモノは幽霊を弾くという中国風水の道具です。まあ、とりあえず現象が収まって良かったです。ただ、自分が来てから現象が酷くなったというのが気になるんですが、あのリビング、これまで他に泊まった方っていらっしゃらないんですか？」

「誰もいませんよ。自分の友達はほとんど東京寄りなんで、泊まりでここまで来てくれる奴なんか、滅多にいないんです」

なるほどと私は頷いた。それなら心霊現象は、単に初めての乱入者に戸惑いを見せて騒がしさを増した可能性もなくはない。前回同様、本田さんとの簡単な宴の時間は過ぎていき、空気こそは重くなったが、相変わらず何かが起こる気配はない。

「ところで、またここで寝るんですか？」

「ええ。今回は別の意味合いを含めて、御守り等の護身アイテムは持参していません。素のままで挑んでみようかと」

「本当に度胸ありますよね。自分にはとても出来ない」

この日の私は前回の泊まりで何も起きなかったのが過剰防衛かもしれないと考えてほぼ丸腰でF地区を訪れていた。そして前回の探訪で得た情報と、本田さんの話を総合して、この地区全体が「霊的に溜まり易い地形」をしているのではないかという推論を彼に話した。

「今日も『女の子』の気配はありませんか？」

「ありませんね。少なくとも帰宅してからは見ていません」

本田さんと情報交換を兼ねた宴のさなか、私はトイレに立った。

ここでまた、衝撃的な光景が視野に飛び込んできた。

前回、私が洗面台脇の出窓に置いていったヒマラヤ岩塩が目に止まったのだ。

そのこぶしサイズの大きな岩塩が、台座にしたガラス皿の上で、火に焙られた蝋のようにドロリと溶けて固まっていたのである。


正直なところ、私は採話段階で八割方相手を信用するスタンスを取ってはいるが、二割ほどは懐疑的な余白を残したままでいる。そして、この残り二割は再取材不可能なパターンを除いて、取材時の質問事項、それに対する相手の反応や表情、追加調査等で判断することを心掛けている。

従って意識の片隅で、この本田さんから持ち込まれた「F地区の怪異」についても、自身の目で目撃するまで、よく練り込まれた作り話という疑念を捨て切ってはおらず、先の岩塩を置いていったのも、その布石である。

霊の出没する場所では盛り塩が溶けるなどの話を聞くので毎日怪異の起きる場所であれば、何らかの痕跡が残ると踏んでのことだが、あれだけ大きな岩塩が蝋のように溶けているなど、尋常なことではない。

ここでは、確かに何かが起こっているのだ。私が送った八卦鏡の不可解な破損状況といい、溶けた岩塩といい、これ全てを含めて話を演出しているとしたら、本田さんは、かなりのやり手ということとなる。

もはや、そちらの可能性は薄いと見て差し支えないだろう。

しかし、その痕跡を残しているというのに、肝心の怪異はなかなか姿を現さない。ラップ音やポルターガイストは頻雑に起こるのに、幽霊そのものは最後まで正体を出さずに物語の終幕を迎える、シャーリイ・ジャクスンの名作怪奇小説『丘の屋敷』を私は思い出していた。

(今夜が勝負どころかな？)

思わず苦笑いがこぼれた。

「本当にまた、一人で大丈夫ですか？」

本田さんが重たい目を擦りながら、念押しの口調で問い掛ける。

正直なところ、正体の分らぬ存在に大丈夫もへったくれもないのだが、以前同伴者がいたところ、その相手が現象を目にしてパニック状態になり、それを宥《なだ》めるのにひと苦労する結果となったので、どちらかと言えば単身の方が気楽である。それと今回のケースは、向こうがこちらを避けていたきらいがある。つまり、立ち位置的は怪異よりこちらが優勢であることを示しているし、また、検証が最悪の結果になったとしても「犠牲者は一人で済む」。

「何かあったら、二階に来て下さいね」

心配そうな表情を刻みながら、本田さんが階段の踊り場からそう声を掛けた。

彼の姿が見えなくなると、私はソファから立ち上がって静かに玄関扉を開き、そこに掛けられていた八卦鏡を外してテーブルの傍らに置いた。

(さあ、これでいいだろう。いつでも来い)

再び部屋全体を見回せるソファの位置に陣取って、私は怪異の出現を待ち続けた。

「おはようございます。また何も起きなかったんですか？」

吹き抜け構造になっている二階の手摺りの間から、本田さんの驚く顔が覗くと、私はおどけた顔をしながら両掌を上に向け肩を竦《すく》めた。

「……嫌われてるんですかね、自分……」

確かに真夜中、二度ほど、うたた寝はした。

しかし、殆どの時間は眠い目を凝らしてリビング全体を窺っていたにもかかわらず本田さんのいうような足音も怪音もしないまま、窓の外は少しずつ明るくなって、とうとう夜が明けてしまったのだ。周囲がだいぶ明るくなってから、私は玄関扉を静かに開いて、八卦鏡を掛け直した。かなり覚悟をした上での行為だったが、どうやらそれは徒労と化した様子である。

「ええー？　まあ、何かあったよりはいいんですが、でも、ええー？」

戸惑いと安堵の表情を刻みながら、階段を下りてきた本田さんは、しきりに首を傾げている。

「二回目だったし、平気な顔をしているから、前ほどの心配はしてなかったんですけど、場慣れしているっていうか、本当凄いですよね。大したもんだ……」

別に場慣れをしているという訳ではない。ただ、様々な経験則から現場の心得の薫陶を受けているに過ぎない。

直感的にヤバいと思ったらそこで退く。退路はあらかじめ確認しておく。現場の扉は開けておく。出来ればドア止めも挟んでおく。夜なら灯りは点けっぱなしの方がいい。懐中電灯はバッテリーを新品に替える。現場検証は一人きりの方が逃げる時に都合がいい。同伴者を守りながら逃げるのはかなりきつい等々。

へえ、凄いですねといいながら本田さんが、冷蔵庫から缶コーヒーを二本取り出してテーブルの前に置いた。有り難く頂戴しますと私は、コーヒーの口を開けた。

刹那、誰もいないキッチンの方角から、キュッキュッという音が響いてきた。

次の瞬間。

じゃぁぁぁぁぁぁぁぁぁああ……！

リビングから三メートル程離れているキッチンの水道の蛇口が、突然シンクに向かって、勢いよく水を吐き出したのだ。私も本田さんも、数秒凍り付いた。

じゃあああぁぁぁぁぁぁぁあ……！

やがて本田さんが意を決したようにキッチンに近付くと、水道の蛇口をキュキュッと締めた。

「今のは？」

本田さんは青い顔で首を振った。

私はこれがこの家に起こる心霊現象の一部だと理解した。果たしてキッチンの蛇口を開いたのは誰だったのか。どちらにしてもF地区に出没する見えない何者かは見事にこちらの油断を突いて、私たちに一矢報いた様子である。

変事はそこで息を潜めたが、F地区の怪異の片鱗を見て色めきだった私は、引き続き裏取りを行いたいので、早急に三回目の調査を組みたい、また本田さんの会社の方々の証言などの聞き取り、出来れば次回は外に停めた車の中で夜明かしを行いたいと伝え、翌年の春先に再び泊まり込み調査の段取りを付けて戴いた。

本田さんからは、この辺りは冬場の降雪が酷く、地区入口付近の坂道での事故も多いし、冷え込みもきついので夜間の探索にも向いていない。十一月末から年明けに関しては仕事の繁忙期にも当たるので、春先の方が都合が良いという返事を戴いたからだ。

今思えば、このF地区で起こるという怪異は、そのまま多くの証言を聞き取り、実地検証を繰り返せば、かなり壮大な心霊現象レポートになったのではないかと思う。だが、結局のところ、本田さん宅の怪異の調査は二度目のその時が最後となった。翌年春に決定していた第三回目の調査は、あの三月十一日の東日本大震災の発生によって見事に潰れてしまったのである。

震源地に近い彼の家はかなりの被害を受けてしまい、しかも震度五強の余震が数度にわたって起き続け、道路もインフラも駄目になっているので、調査は暫く延期して欲しいとの連絡があったのだ。

そしてそこには、あの八卦鏡が前年末に完全に壊れたという報告も記されていた。本田さんは私が指示した通り、鏡の八卦図が剥がれてくる都度接着剤で補修していたのだが、ある日の朝玄関扉を開くと、まるで蛇が脱皮するかの如く、八卦図と鏡が台座から剥がれて地面に落ちていたそうである。それと同時に、一階リビングの怪現象はぶり返したそうだが、その程度は以前並みの物音や話し声程度で済んでいるとのこと。

私の脳裏には、彼の家の玄関に掛けられた八卦鏡が邪魔で、それを剥がそうと必死に爪を立てている無数の亡者らの姿が浮かんでいた。

そして更に駄目押しの事態が発生する。

震災から三か月が過ぎ、ようやく余震も収まってきた頃、本田さんが業者に自宅の被害調査と修繕の見積もりを取らせると、家の中心部に深刻な亀裂と歪みが生じて倒壊の危険があり、家屋の修繕は不可能、根本的に建て直すしか方法がないという結論が出てしまった。

所有者である彼の父親の判断は早く、傾いた建屋は取り壊して土地は売り払う手筈となり、本田さんは盆明けに今の仕事を辞めて引っ越し、父親の会社を手伝うことになったというメールが私の携帯に届いたのだ。

「一緒に夜の探索が出来なかったのは心残りです」という文章で、彼のメールは締め括られていた。

そして最後になるが、引っ越し当日、本田さんが見納めとしてFにあった件の住居を携帯で撮影すると、巨大な男の顔を見たという窓付近の画像に、奇怪な半月型の光が映り込んでいたという連絡も戴いた。

「何かの、光の加減かもしれないんですけど」

その画像ももらっている。それは確かに奇妙な光だった。

本田さんの住んでいたその家は、玄関が西向きで正面にも家があり、このような感じで光が入り込むのは考え辛かった。それは、この地区を彷徨う「住人ら」からの彼に対する、何かのメッセージめいたものなのだろうか。


調査拠点を失って以降、私はこの北関東のＦに足を運んではいないのだが、あの震災後、この心霊地帯にはどのような変化が生じているのだろうか。

現在、グーグルのストリートビューで確認する限りでは、地区内の何軒かが新しく建て替えられた様子だが、なぜか本田さんの住んでいた家は、建屋が取り壊された後、未だ空き地のままとなっている。

火葬された者の灰が降り注ぐというこの地区に迷い込んだ死者たちは、出口を探し求めて、現在も夜になるとこの住宅街を彷徨っているのだろうか。それとも現世という名のしがらみから解き放たれて、その閉ざされた無明の空間で、気儘《きまま》に自由を満喫しているというのだろうか。

今でも、とても気になる限りである。

龍門の滝

こちらは『北関東心霊地帯』のスピンオフ的な話となる。

前エピソードの主人公・本田さんは、何と律義なことに、遠方から来る私が「F」の実地調査に訪れて、もしも何も起こらなかったらと考えて、一度目の調査の時に、地元の心霊スポットや伝承地をピックアップしてくれていた。結果は前項で紹介した通りで、私的には充分な成果を感じていたのだが、本田さんは物足りなかったらしく、朝食が済んだら、そちらを廻ってみませんかというお誘いを受けた。

自分的には大歓迎である。

先の体験談に加えて、馴染みのない土地の心霊スポットや伝承地まで廻って帰れるなど、何と盛り沢山なことなのだろう。そんな理由で私の車の助手席に彼を乗せてF周辺の不思議スポット廻りが開始されたのである。

「ほら、あれですよ。噂の斎場と火葬場……」

前日、本田さん宅へと向かう県道からの坂道を登り切ると、カーブの向こうに広い駐車場を備えたモダンなデザインの建屋が見えた。

とはいえ斎場であるから、彩色は地味なグレーが基調になっていて、雰囲気自体が重々しい。その日は斎場に人の姿はなく、がらんとした大きな建物はまるで廃墟のように見えた。


そこから案内されたのは、新規開店から三か月以内に次々と店主が亡くなってしまうという県道沿いのラーメン店舗、田んぼの端っこに立つ、謎の青い鳥居。妖怪伝説のある大岩。そしてその次に足を運んだのは、県境を跨いだ場所に位置している、栃木県那須烏山《なすからすやま》にある龍神伝説のある「龍門の滝」である。


那珂川《なかがわ》の支流である江川にかかる、幅六十五メートル、落差二十メートルに及ぶこの滝の中段には「男釜《おがま》」と呼ばれる直径四メートルの穴と「女釜《めがま》」と呼ばれる直径二メートルの穴があり、ここには滝の主が棲んでいると昔から言われていた。

ある時、この龍門の滝のすぐ側にある太平寺という寺の住職が、この「滝の主」の正体を突き止めようと、滝の上の岩に笹竹を建てて、二十一日間祈祷を行ったところ、突然空が真っ黒な雲に覆われて稲妻が走り、先の「男釜」から巨大な龍が現れて、太平寺の仁王門に七周半も巻き付いたのに、まだその姿は穴から出切っていなかったという伝説が残っている。

駐車場に車を停めて、龍門の滝へ向かう途中の案内板でそんな蘊蓄《うんちく》を読んでいると、急にポツポツと雨が降り始めた。

「あれっ、さっきまでお日様が出ていたのになあ」

本田さんとそんな会話をしながら空を見上げると、そこには不可思議な光景が展開されている。右手側には太陽が出ているのに、滝のある左手側の上空には黒い雨雲が垂れ込めていて、そこからはらはらと雨が落ちてきていた。まるで空が真ん中から二つに割れてしまったように見えた。

「……本田さん、これ、ここの龍神さま、自分はこんなことが出来るんだぞっていいたいのかもしれませんね」

「ははは。そんなまさか」

滝壺の側まで伸びた遊歩道を歩きながら、二人でそんな会話を交わし合う。

数日前に関東地方を低気圧が通り過ぎたせいで、轟音を上げながら滝から流れ落ちる水の量はとても多く、私はその迫力に気圧《けお》されながらも、手にした携帯のカメラで滝の写真を数枚撮影した。

数日後。

あのFから帰宅した当日の晩、本田さんからの突然のSOS電話で、私は当日取材した場所の画像をチェックするのを、すっかり忘れていたのである。

残念ながらFの野外風景や、彼の自宅で撮影した画像には、何も写り込んではいなかった。

しかし何気なくその後のスポット廻りの時に撮影した画像に、とんでもないものがあったのである。

私は慌てて、彼にこんなメールを打った。

「本田さん、龍門の滝に行った時、空が変な具合に割れたのを覚えていますか？　龍門の滝の画像に『龍』が写っていますよ！」

あの時に撮影した、轟々と水が流れ落ちる龍門の滝の滝壺の部分、そこに『龍』の顔がくっきりと浮き出しているのである。

数分して本田さんからも返信メールが届いた。

「本当だ！　確かにあの時、空の様子がおかしかったけど、こんなことって本当にあるんですね……！」

瓢箪から駒の出来事ではあったが、世の中はまだまだ不思議に満ちている様子である。

郷愁

上越地方の某市に住む吉住くんは、ある年の夏、家族全員でドライブに出掛けた。行先は県内でもベタな観光スポット。そこでは特にどうということもなく、有意義な休日を満喫出来たそうである。

ところがその帰り、なぜかA町に寄ろうという話が持ち上がった。

A町というのは県の端に位置する小さな町で、特に目立った観光名所があるわけでもなく、鄙《ひな》びた感じの道の駅が一軒あるだけで、吉住くん家族は現地に到着してから「何でここに寄ろうという話になったんだ?」とみんなで首を捻ったそうである。

それでも来てしまったものは仕方がないと全員で下車して、路地販売の野菜を物色したり、施設内の休憩スペースで涼を取ったりして時間を潰し始めた。

そのとき吉住くんは、地域名産品の並べてある棚を、ぼんやりと眺めていたそうである——。

「あの、すみません……」

二十代中ほどの女性が、突然後ろから声を掛けてきた。

「はい？」

虚を突かれた吉住くんは振り向いた。知り合いなどいないであろうこの場所で、一体誰が声を掛けてきたのかと訝しんだ。

ところが件の女性の方も、アッと小さな声を上げて固まった。

どうしたんだろうと首を傾げていると「すみません、人違いでした」と顔を真っ赤にして頭を下げ、近くにいた母親らしき女性の元に戻っていった。

(何だ、ありゃ？)

女性の行動に疑問を持った彼は、棚を物色するふりをして二人の言動に聞き耳を立てた。

「……ホントにそっくりだったのよ。だから、まさかっていう感じで暫く様子見ていて、やっぱり似てるって、思い切って声を掛けてみたら全然違う人で、そうだな、そんなわけないよなあって……」

「当たり前でしょ……」

こんな感じに、意味不明の会話が交わされている。

変な母娘だなと思ったので、吉住くんはそのことを鮮明に記憶していたそうである。

それから一週間ほどして。

県内のホテルのフロント業務をしているという母方の伯母が吉住くん宅に遊びにやって来た。久しぶりの来訪ということで家族ともども話が弾んだのだが、ふとした会話の節目にその伯母が、

「……そういえば、先週ひどい目に遭っちゃってね……」

と、妙な話を切り出した。

何でも勤務先のホテルに宿泊していた客が、チェックアウトの時間になってもやって来ない。これはおかしいという話になり、フロントに命じられて伯母が合鍵片手にドアをノックしても返事がない。

「ドアを開けますよ」と声を掛けて開錠すると、件の男性はベッドの上で冷たくなっていたというのである。

「とりあえず警察呼んで、そこからもう現場検証とかなんやらで大騒ぎ。取り調べやら、部屋を利用する予定だった方には代わりの部屋を用意するわ、業務には支障来すわで、もう本

当に、とんでもない目にあったのよ……」

警察からの報告では、男性は同県内のA町という場所に住んでいて、春夏は農業を営んでいるのだが、冬場は県外に出稼ぎに出ている季節労働者だそうで、死因に不審な点はなく、自然死ということで処理されたそうである。

「……ところが、遺体を引き取りに来たその方の家族が、どうして父親がそんな場所で死んでいたのかということに納得がいかなくて、警察や関係者に執拗に食い下がってたみたいで。第一発見者の私はすっかり犯人扱い。もう参ったわよ……」

特に二十代の娘さんは、なぜ出稼ぎに出ていた父親がまっすぐ家に帰らず市内のホテルに宿泊していたのか納得出来ず、伯母に死体発見当時の様子を根掘り葉掘り質問していたそうである。

吉住くん一家は顔を見合わせた。

伯母が帰宅してから、父親が「俺たち先週、よくわからない理由でA町行ったよな」と切り出し、吉住くんが道の駅で遭遇した母娘の件を話すと、家族全員が眉を顰《ひそ》めた。

「…それって、その娘さんには、お前が死んだ父親に見えたってことなのか？」

「私なんかすっかり忘れていたわよ。そんなのよく覚えていたわね」

「だってあの日、A町ってあんな鄙びた場所なのに、あの辺に人が大勢いたよね。道路にも川っぷちにもズラッと人が歩いていて、夜になったら花火大会でもあるのかなと思ってた」

彼の言葉に、父も母も兄も顔を見合わせた。

「誰も見なかったぞ」

父親のそのひと言で、食卓はシンと静まり返ってしまったという。

聞き取りを行っていた筆者が思うところあり「花火大会って言うと、ひょっとしてそれ、お盆の時期の話じゃないの？」と質問すると、

「ああ、そうでした。そういえばお盆休みの時でした」

少し表情を固くしながら、吉住くんはそう答えてくれた。

幻狼

筆者と交流のある画家のT川さんは、神獣や妖怪画を得意としている。

狼フリークの方ならば言わずとも承知なのだが、T川さんの狼画は、三峯《みつみね》神社の御眷属である狼を描いていることが多い。従って、その背景にはよく三峯奥宮《おくのみや》への参道（登山道）や鳥居が描かれている。

だがT川さんのご自宅は、距離的に東京・青梅《おうめ》にある武蔵御嶽《むさしみたけ》神社の方が近い。

何かの切っ掛けを得て信仰の狼を描こうと思ったにしても、距離的に近い場所を選ぶのが人情だろうが、ある年の武蔵御嶽神社の大口真神《おおくちまがみ》祭りにお誘いしたら「御嶽には初めて来ました」という意外なお言葉を聞いた。

「えっ、こちらの方が近いですよね？　何故ですか？」と私が尋ねると、T川さん曰く、狼を描こうと思ったその年、初めに取材に向かおうと思ったのは、やはり青梅の武蔵御嶽神社だったそうである。

ところが夢の中に白狼が現れ「こちらから参るように」と三峯神社を示したという。その拝殿で待ち受けていたのは、一対の白狼であった。

「……それ以来、三峯に行かなくちゃいけない時とか、お呼びが掛かるんですよ」

そこを切り口として、T川さんは先日取り掛かったという御眷属画の制作に纏わる不思議な話を語ってくれた。


T川さんは二〇二三年、年に二度の個展開催という鬼企画をこなすこととなり、その疲労が抜け切らないまま、今期の制作やグループ展のタイトな締め切りに追われ続けていた。

「ああ、六根清浄《ろっこんしょうじょう》したいな」と思わず口に出た、その晩。

就寝しようとすると、突然、ベットの脇に置いてある月を象《かたど》ったライトスタンドがチカチカと点滅を始めたのである。初めはコードプラグでも抜けかかっているのかとソケットを調べたが、異常はない。

戯れに「どなたか、いらっしゃるんですか？」と声を掛けると、スタンドの光は返事をするかのように点滅を繰り返す。ハッと気付いたことがあり「三峯には誕生日にお参りに伺います」と声を掛けると、ライトはすっと消灯した。

あまりのタイミングの良さに驚きつつも、これまでも三峯への参拝には不思議なことが伴ったので「よし、三峯に行こう。今年は御祈祷も受けてみよう」と決心すると、まるでT川さんの決心を喜ぶかのごとく、再び月のスタンドランプが点滅を始めたという。

ちなみにこのランプには、点滅機能など付いていないそうである。


その週、三峯神社に向かったT川さんは西武秩父《ちちぶ》駅からバスに乗り、神社駐車場から奥宮のある妙法ヶ岳へと登った。

秩父の山々を吹き抜ける心地よい風が、疲労した肉体に心地よく沁み渡る。スギやヒノキの生い茂る参道（登山道）を踏み締め、岩場に垂れ下がる鎖場《くさりば》をよじ登り、T川さんは三峯奥宮のある山頂に辿り着いた。

青空を背景にした石祠に両手を合わせ黙想を行い、「精進をいたします。私達を見守って下さい」と祈りを捧げる。

すると不可思議な画像が目の前に浮かび、奥宮に重なった。

それは「狼の眼」であったという。

琥珀《こはく》色の光を放つそれは、やがて狼の姿へと形を整え、四方の山々を見渡したあと、静かにこちらを見つめて瞬きをした。

「諾」

T川さんには、狼がそう告げたように思えたそうである。奥宮周辺には他にも参拝者の姿があったので、T川さんは座を譲ろうと一礼して合掌を行った。

すると、件の狼は、山々へ向かって遠吠えを放ったという。

「……まあ、ここまでは私の脳内イメージなので、気のせいといってしまえば、それまでなんですが……」


奥宮への参拝を終えて、その後の、下山中のこと。

東屋《あずまや》のある鳥居を越えて、やや傾斜の険しい、つづら折れの坂道を下り始めた辺りで、T川さんは足元に不可思議な熱気を感じた。

(あれ、ストーブでも点いてるみたいだな?)

登山服の生地を通して、何かが擦れる感覚。

(何か居る?)

左手や左足に伝わる、毛だらけの、大きな生き物の気配。

しかし足元を見やっても、網膜が捉えるのは山肌の粗い土と瓦礫《がれき》のみで、何もいない。不思議に思って後ろを振り仰ぐと、ほんの一瞬ではあるが、登山道を駆け下りてこちらへと走ってくるものたちの姿が見えた。

それは陽炎のように揺らめく輪郭を持つ、半透明の狼達であった。

彼らはT川さんを守護するかのようにぐるりと取り巻くと、一緒に参道を下り始めたのである。

(奥宮で見えた、あの眷属様だ)

幻狼たちはそのまま、T川さんを囲みながら参道を下り続けたが、やがて次の鳥居が見えてくると、名残りを惜しむかの如く、周囲をもう一度くるりと回って、奥宮の方角へ引き返していったという。

「あの、×の鳥居を過ぎてから、ベンチのある場所を境に始まる坂のところですか？」

「そうです」

実は私自身も、この鳥居周辺の坂道で不思議な体験をしている。

それは二〇一八年の奥宮参拝の時のこと。

三峯神社駐車場から奥宮までのコースタイムは一時間半となっているが、丹波山《たばやま》村学芸員の寺崎さんとのフィールドワークで鍛えられた現在では一時間もあれば踏破できる。

さて、この年も午前九時に神社駐車場に到着（私の家からだと午前六時に家を出ても、三峯への到着はこの時間になる）、奥宮登拝を終えて三の鳥居を過ぎ、つづら折れに差し掛かった時、背後からふわりとした気配が纏わりついてきて、突然身体が「軽くなった」のだ。

奇妙な感覚に捉われながら下山を続けると、やはり気配は鳥居の前で消えてしまったのだが、神社駐車場まで戻って時計を見た時、私は目を疑った。

まだ十時四十五分なのである。

これはどう考えてもおかしい。

妙法ヶ岳で十五分は休憩をしたはずなので、帰り道の所要時間が三十分しかかかってない計算になってしまう。私の登山技量では、奥宮から走って下りてこなければ、そのコースタイムは出せない。

この時、私は二〇〇八年に高尾山薬王院《たかおさんやくおういん》で行われた第一回天狗サミットの講義の場を思い出した。講師の天狗研究家が「視えない天狗に背中を押されて早く山道を登れたことがある」

と語り、周囲から「気のせい」と笑い声が上がっていたが、それは「気のせい」ではないのかもしれないと考えた。

場所が高尾であったからこそ天狗なのだろうし、これが三峯であればお犬様の霊威となるのであろう。

ちなみにその後、何度も奥宮の登拝を行っているが、下山に三十分しかかからなかったのは、この一度きりである。

そんな不思議が起きた奥宮参道で、T川さんが幻狼と出会ったということに、私は驚きを隠せなかった。


山とは、古来、冥府へと繋がる神聖な場所と考えられていた。

そんな三峯の山々から承諾をもらい「神なる狼」の御姿を描いているのだから、T川さんの作品に根強い人気が伴うのは、至極当然のことなのかもしれないと、筆者は考える次第である。

マリード

画家のオクダイラさんは神獣や狐を描くアーティストである。

宮古島のユタの家系で、独特の力ある作風に興味を持ったこともあり、グループ展で在廊なされている日を見計らって会場を訪れ、ご本人とお会いする機会を得た。その際、狼信仰などの話で盛り上がり、彼の語られた体験がとても興味深いものだったので、この場を借りて紹介してみたい。


オクダイラさんがまだ東京に引っ越してきて間もない頃。

彼が住まいとして借りたそのアパートは、木造ではあったが、入口に洒落れたアーチの設けられた洋風二階建てワンルームだった。しかし引っ越してきた頃から、何処からともなく漂ってくる異臭が気になっていたという。

その異臭の原因は特定できなかったが、アパートの裏手に小さな川が流れていたので、気温の高い日などにそこから流れてくる臭いだと考えて、あまり気にしないようにしていた。

そこから数か月。

季節は夏に差し掛かる頃、例の異臭は日を追うごとに強さを増していき、その不快さに辟易し始めていた、ある日のこと。

アルバイトから戻ってくると、表廊下に複数の制服警官の姿があった。

「なにかあったんですか？」

警官の一人を掴まえて尋ねると、オクダイラさんの部屋の隣に住んでいた独居老人が孤独死していたそうだ。どうやら数か月前に餓死していたらしく、そのまま誰にも気付かれぬままだったそうで、この夏の暑さでかなり酷いこととなり、ようやく通報が入って事情が判明、現場検証中なのだという。

チラッと視線を向けた隣室のドアには「立ち入り禁止」と書かれたテープが張り巡らされており、オクダイラさんは入居時から漂っていたあの異臭の正体を悟って背筋を寒くした。

隣の部屋の住人は、彼が入居した頃、既に亡くなっていたのである。

不幸な隣人の残り香は、アパートの外廊下や室内にも沁みつくように残ってしまい、バイト先などへ出掛けても臭い続けた。どうやら彼の衣服や鼻腔の中にもその臭いが残ってしまったらしい。(筆者注・死臭は頭髪や鼻毛などにも付着するので、検死現場の後などは、そういった箇所の処置も不可欠なのだという) かといって、いますぐ引っ越しを行えるような手持ちもないので、我慢してそのまま住み続けるより手立てがなかったそうだ。


更に数か月が経過した辺り。

オクダイラさんは自室で、刺すような視線を感じるようになった。

もちろん、室内には誰も居ない。

また、窓なども閉め切ってあるはずなのに、押入れの戸がガタガタと音を立てて、大きく揺れ出すなどの奇妙な現象が起こりはじめ、孤独死した隣人の件もあって、毎晩毎晩を恐怖に苛《さいな》まれながら過ごすようになった。

体調などにも支障をきたし始めたため、その晩オクダイラさんは、ファンであったヴィジュアル系バンドのライブ会場で顔見知りになった知人に相談を持ち掛けた。

その人物は、ある宗教の行者だそうで、現在は霊視や占いなどを生業としているという。

「……あなた、結構霊感強い方だから、この先、そっち方面で困ったことが起きたら、遠慮なく相談してね……」

ふとそんな経緯を思い出し、オクダイラさんはもらった名刺を探し出して、この人物に電話を掛け、いま現在自分に起きている出来事を包み隠さず伝え、どうすればよいのかを尋ねた。

「……あ、これは良くないなあ。たぶんお隣の方、ご自身が亡くなったことをわかってなくて、ずっとオクダイラさんに訴えてたみたいな感じだね。なかなか気付いてくれないので怒っている。このままだと駄目だよ」

電話の向こうで行者さんがそう答えてくる。

「ど、どうしたらいいんでしょうか？」

「とりあえず郵便番号と住所を教えて。いま直ぐ『使いの狼』を送るから」

電話を切って数分もしないうちのこと。

照明を切ってあった室内に、突如なにかの走り回る音が響いたのである。

バタバタバタッ、バタバタバタッ……！

それはまるで大型犬が部屋の中を走り回っているかのような足音に聞こえた。

恐怖に駆られたオクダイラさんは、再び行者に電話を掛けた。

「す、すいません！　いまなんか、部屋の中を大きな動物が走り回っているみたいな足音がしてるんですけど！」

電話の向こうの行者は落ち着き払ってこう答えたそうである。

「ああ、いま『使いの狼』さんが、悪い霊を追っ掛け回しているから」

それから五分ほど経過した辺りで、走り回る物音は唐突に止んだ。

「音が止みました！」と彼が声を掛けると、

「しばらくは狼が護ってくれるよ。彼（狼）、柿ピー（柿の種）が好きだから、床とかにティッシュ敷いて、柿ピー置いてもらえないかな？　きっと喜ぶと思うから」

行者は彼にそう告げると電話を切った。

（え？　狼なのに、なんで柿ピーなの？）

不思議に思いながらも、翌日、オクダイラさんはバイト帰りにコンビニで柿ピーを購入すると、指示通り床にティッシュを敷いて、その上に置いた。

すると「ボリ、ボリボリ……」と、そこから不可思議な音が聞こえてくる。

なにかを齧るような音だ。

しかし目の前に置かれた柿ピーの形状には、なんの変化もない。

（えっ？　本当に食べてる？）

彼は、目の前で展開している現象に肝を潰した。

そして、その辺りから、周囲にうろついていたあの気配も、押入れの戸が揺れるという怪現象もピッタリと収まり、彼の周辺には平穏な毎日が戻った。

ただ、なにか今までとは「別のもの」の気配が部屋の中に居座っているのは、ずっと感じ続けていたという。

数日して、様子を伺いに電話を掛けてきた行者に、オクダイラさんは柿の種の件を話してみた。

するよ。

「その柿ピー、ちょっと摘まんでごらんよ」

オクダイラさんは言われた通りに、床上の柿ピーをひとつ取って口に含んでみた。

すると、本来なら辛いはずの柿ピーの味が、まったくしない。

（狼さん、きちんと食べてるんだ……）

驚いた彼は、柿ピー以外のお菓子なども購入して、部屋の中に居るであろう狼をねぎらうつもりで、一緒に床に供えた。


それから一週間ほどして、部屋の中で彼を守護していたであろう「狼」の気配もなくなった。以降、次の住まいに移り住むまで、オクダイラさんの周りに不可解な現象が起こることは一度もなかったそうである。

「使いの狼」は最後まで彼の目に見えることはなかったが、果たして「彼」がどのような姿をしていたのか気になったオクダイラさんは、ある時、そのことについて質問をしたことがある。

すると、件の「行者」氏曰く、

「トレーディング・カードゲームの『クロノ・クロス』に登場する『マリード』という狼のモンスターにそっくりだよ」という返事が来た。

地鎮祭

「うちの母が、また凄いものを見たらしいですよ」

白狐の絵柄を得意とする日本画家の西川さんは著者と親交の深い間柄で、たびたび興味深い体験談を提供してくださる。

この原稿を書いている少し前のこと。

西川さんのご自宅が、それなりの築年数を迎えたために建て直すことになった。住み慣れた家屋には愛着があったが、水回りの老朽化が激しく、長い目で見ると、修繕より改築をした方が良いという結論に達したからである。

一家は仮住まいの家へと引っ越し、建屋は業者の手によって解体され、更地となった土地で、改めて家屋を新築するための地鎮祭が行われた。

地鎮祭の依頼先は、近所の氷川《ひかわ》神社だったそうである。

更地となった土地の真ん中に斎竹《いみだけ》と注連縄《しめなわ》で結界を作り、その中央に御幣と供物を供えた祭壇が置かれ、神主さんを筆頭に西川さんの家族や工事関係者一同が参列し、その厳かな儀式が行われた。

やがて神職が祝詞を奏上、祭場や神饌《しんせん》、家主や工事関係者、その他の参列者を祓い清める「修祓《しゅばつ》」を済ませて、土地に神様を降ろす降神の儀が開始された。

「オーーーーーーーーー」

降神詞が唱えられ、警蹕《けいひつ》と呼ばれる神の降臨を示す掛け声が神職の口から放たれた時、霊感の強い西川さんのお母さんはとてつもないモノを見た。

「ゴーッ」という音と共に、空から螺旋状の何かが舞い降りてきたのである。

それは長さ十メートル、太さ一メートルはあろうかという「巨大な白い蛇」であった。

白蛇はつむじ風を巻き上げながら、祭壇の後ろの地面へと突き刺さり、そのまま土を穿って地面の中へと潜り出す。慌てたお母さんは周囲を見渡したが、西川さんを始め、参列者や工事関係者の面々は低頭を保ったままだ。

（アッ、これ、私だけにしか見えていないんだ……）

軽く頭を下げたまま、視線だけで追っていると、空から舞い降りてきた白い大蛇は、すっぽりと地面の中に姿を消してしまった。

（こういう「式」を行うと、本当に神様がやって来るんだ……）

実を言うと、西川さんのお母さんは神道や仏教についてあまり詳しくない。

しかし、こうした儀式を行うことで、土地の根幹となるべきものが「彼方」から遣わされてくるという、この日本という国の風土を、その時肌で感じたそうである。

お母さんが驚きの余韻に浸っている間にも、献饌、祝詞奏上、忌鍬《いみくわ》を用いた穿鍬、鎮物と、地鎮祭は粛々と進んで行く。

やがてひと通りの行程が終了し、再び神職が「オーーーッ」と警蹕を唱えると、大蛇の消えた地面から、再び何かが現れ出た。

それは精悍な表情を蓄えた狼、あるいは山犬の姿とでもいうべきなのだろうか。

一体、二体、三体、四体……。

地面から現れ出た四体の狼（山犬？）たちは、各々が土地の東西南北の隅に移動すると、敷地の外側を向いて、四方の外敵を睨み据えるかの如く鎮座したという。

そして西川家の地鎮祭は、恙《つつが》なく終了した。

「……その地面から現れた四匹の狼というのが、成熟した感じのものではなく、まだ若々しかったということが大事なんだと母は言うんです。あの若い狼たちは、ここに建てられる建物や私たちと暮らして、生活を護りながら一緒に成長することによって、自分たちも徳を積み上げる目的で、その土地の氏神さまから遣わされてきたようなイメージだったとかで……」


物価高が叫ばれる昨今の世であるが、新築の住宅を建てる時に、見積もりから削除される費用で一番の槍玉に挙がるのが、この地鎮祭だといわれている。

しかしながら、この国では、神社の祝詞で神さまを「～の大神」と読み上げることが多いのだが、こちらの報告を預かり、地鎮祭の祝詞の「おおかみ」とは、その土地の氏神や産土神から遣わされてくる「狼」のことを指しているのかもしれない、と考えたりする。

それを行うことによって各々の土地に根付いて、家族ともども平穏無事に毎日を過ごしていけるというお墨付きを頂けるのなら、「地鎮祭」というものの費用は、決して高いと言い切れないのでないだろうか。

嘲笑

この挿話に狼の直接の登場はないのだが、数年前、私の御眷属拝借時期に起こった、気味の悪い出来事である。本書の考察的且つ象徴的な意味合いを含めてここに綴ってみたいと思う。但し、一年半を跨ぐ長さの挿話という事情により、本文には多少の脚色が施されていることを、先にお断りしておく。

目の前の体験提供者に対して、私は大きな戸惑いを覚えていた。
あまりに掴みどころがない。
これはどういった方なのだろうかと。

数年前、私の登録しているＳＮＳのＤＭ機能を介して、ある方からメッセージが送られてきた。この人物を仮に「安生《あんじょう》さん」と呼ぶことにしよう。

その内容によれば、安生さんは幼少の頃から霊感が強く、その手の体験が豊富であり、私の著書を読んで非常に感銘を受けたので、他の怪談作家さんに提供しようと考えていた体験談を私に書いてもらいたいというものであった。先に紹介している「災禍」や「カジョーラ返し」の稲葉さんとまったく同じコンタクトパターンで、誠に有り難い申し出である。

しかし、他の方に提供する予定だったというくだりが気になり、その点について確認を入れてみると、すぐさま追加のメッセージが届き「その方には断りを入れましたので問題はありません。付きましては今月××日に指定の場所でお会いすることは可能でしょうか」という内容が綴られていた。

返信メッセージを読みながら、僅かな違和感が否めなかった。

というのは通常の場合、提供を申し出てくる方のほとんどは、先にこちらの日程の都合を尋ねてくるからである。だがこの安生さんからの申し出は、文体こそ丁寧ではあるが、何もかもが向こうの一方的な流れとなっている。

だが、これはあくまでこちら側の見方に過ぎない。

世の中には大勢の人間が存在して、その数だけの人格がある以上、そうしたペースの方がいるという可能性も否めない。幸い指定された日時は予定が空いていたので、気掛かりこそあったが、私はこの安生さんと会うことにした。

取材日は、朝から土砂降りの大雨に見舞われた。

待ち合わせに指定された私鉄駅は、以前に取材で訪れたことがあり、見計らって自宅を出発したつもりなのだが、どうした訳か四十分以上早く現地に到着してしまった。周囲に時間を潰せそうな場所はなく、この土砂降りの大雨では早く到着したからという理由で呼びつけるのも憚られる。結局のところ、車を無駄にぐるぐると走らせて調整を強いられることとなった。

そして約束の午後一時。

十数メートル先も見えない雨の降り頻《しき》る中、ホームに架かる跨線橋《こせんきょう》の向こうから、傘を指した人物が現れた。どうやらこの方が安生氏らしい。ハザードランプを点けて停車している私の車の脇に佇んで、こちらを覗き込む。

「安生さんですか。簏です。初めまして。生憎の天気になっちゃいましたね」

違和感を抑えて笑顔を浮かべながら、私は挨拶を交わした。

大雨の中、国道に面したファミレスの片隅で簡単な自己紹介を行うと、私は安生さんから体験談を伺う前に、自身の採話スタイルの説明を始めた。

怪異を綴る方は様々な手法で話を集める方がいると思うのだが、私の場合、提供者の大半は個人的な付き合いのある方や篤志の方で、金銭的な謝礼のやり取りが一切ないこと。ただ貴重なお話を預けて戴いているので、様々な面で二次的な便宜は図るように心掛けてはいるが、金銭的な謝礼を期待しているのであれば、私に体験談の提供はしない方がよいということ、その点で納得がいかなければ、この場は私の代金持ちで「怪談を交えたお喋りの場」としましょうと説明した。

これは以前にも同じパターンで体験提供を申し出てきた方がいて、献本とお礼状を送付したら「自分への印税振り込みはいかほどになりますか？」という問い合わせが来たケースがあったからだ。よくよく伺ってみると、その方は書籍に採用された挿話は提供者に謝礼や印税が入るものと勝手に思い込んで協力を申し出てきたそうなのだ。

「大勢いる怪談綴りの方の中には、金銭や報酬と引き換えにお話を得られている方もいらっしゃるかもしれませんが、私はそうしたスタイルを取っていないので」と重ねて付け加えると、少しの間を挟んで「はい、承知しました」という返答。

本人の承認を得たということでノートを開き、そこから安生さんに対する採話が開始されたのだが、それがどうにも扱い辛い。体験談が全体的に恐ろしく「スピリチュアル」なのだ。安生さんは先に述べたような自身の霊感の強さを強調し「後ろの貴人」という強い守護霊の力を借りて、行く先々で巡り合う不成仏霊を成仏させているのだと得意気に語る。ここに来る途中にも路上に佇む地縛霊をひとり成仏させてあげたと話し「これはほんの一部です」と体験談の記録を綴ったノートを持参していた。

だが、その体験談の内容が「××で彷徨っている不浄霊を見つけて『成仏した方がいい』と諭して天に上げた話」で全て終わってしまう。しかも、その語り口は妙にふんわりしていて、信じてもらえない経験をした体験者特有の疎外感、有り得ないものを見たという熱量を殆ど感じない。棒読み感覚というか、違和感が拭《ぬぐ》い切れないのだ。

私自身のスタンスとしては霊能者、背後霊という概念を否定しないものの、その方が本当に能力を備えているという裏付け、たとえばその方が神道仏教などの正統な修行を行っていた等を確認しないと、その手の話はとても扱い辛い。

ではどうして後ろの貴人が善意の高級霊だとわかるのですかと尋ねると、過去に親交のあった霊能者の先生がそう言ったという。だが、その方とも、現在は意見の相違から縁が切れているということで、私は「うーん」と唸ってしまった。これではその方の素性がわからないと、殆どの話は使い物にならない。

会話の中にそれとなく神仏関係の話題を混ぜてみたが興味を示す気配もなく、また、熱心に寺社仏閣に足を運んでいる様子でもない。

実を申せば、この霊能者という肩書にも「規定」に定まったものはなく、指導者に付いて勉強や修行に励まれ成果を得た方から、単に視える人がそれらしく名乗っているだけというものまでの範囲を含めたピンキリの定義なのである。しかも、すごい肩書を謳っているにもかかわらず、私がこの安生さんから受ける印象は、どこかぼんやりとしたイメージなのだ。

これまで出会った霊能者・霊感者という触れ込みの方々は、線が細く弱々しく見えても、圧や目力だけは強い方が多かったからである。

全てがちぐはぐな印象。昔、大阪のカルト女性から紹介された、あるニセ霊感者の件が脳裏を過っていた。

戸惑いを覚えた私は後ろの貴人の絡まないような話を求めるべく、持参したノートの中で、一番印象に残っている話は何ですかと尋ねてみた。

するとこれも歯切れが悪い。

正直なところ、この六冊目の著書が出るまでに様々な方と話を交えたが、自身の後ろに強力な背後霊がいて、霊を成仏させることが出来るなどと公言していた方は、一人しかいない。先に出た大阪の個人カルトの女性だけで、しかもそれは偽物であっても、トリックありきの偽物ではなく、俗にいう黒い方の紛い物である。

従ってこの取材時に於ける安生さんに対しての私の印象は好ましいものとは言えなく、この人物が本当に善意の体験提供者なのか、そうでないのかを判断するのに、二時間の取材は短すぎた。

（……霊感の強い人間とは、それが日常となり感覚が麻痺して、こんな淡々とした物言いになってしまうのだろうか？　いや、なにか手ごたえが違うんだよな……）

とはいえ、この安生さんも初めて会った私という人間にアンテナを張って固くなっている可能性も否めない。一旦仕切り直して、何度か取材を繰り返せば、こちらを信用して重い口が解れるという可能性もなくはない。

とりあえず貴人の絡まない話を二話ほど預かり、時計を見ながら「本日はいったんこの辺で」と取材をお開きにすることとした。

ファミレスでの会計を終えて、安生さんを再び駅まで送っていく。

その途中、ふとした閃きがあった。

何気なく車内で「そういえば、この近くに××という場所があって、立派な三峯神社の分社があるんです。季節が良くなったら今度そちらで本日の続きをいたしませんか？　取材した方から伺ったのですが、とても場の力がよいそうですよ」と振ってみた。本物の霊能・霊感のある方なら興味をそそる話題だろうし、私もそこで安生さんの実力を測ることが出来るからだ。「いいですね。次回は是非そうしましょう」と安生さんは答えた。

しかし、結局のところ、安生さんと顔を合わせたのはこの時が最後となる。

ここで少々内輪な話ではあるのだが、私の採話には、ちょっとしたジンクスがあり、それは「初回の待ち合わせに三十分以上時間がずれる、天候が大荒れになる、この二つの条件が重なった方との関係は長続きしない」というものだ。

そしてこの安生さんとお会いした日は、朝から鉛色のどんよりとした雲が垂れ込め小雨が舞っており、車で首都高速を走っている時、とうとう猛烈な土砂降りとなったのである。時間については先に述べた通りだ。ジンクスはあくまでジンクスと考えているものの、これは現在の時点で九割強の確率のものなので、初めての方とお会いする時は、違う意味でとても緊張を強いられる。そして当日天候が穏やかで、体験者の方と時間通りに会えると、肩の荷が下りた気分になる。

そんな理由で、私はこの日、朝から気が重かった。

因みに「大雨」というワードには「狼」が関連している。

大雨が降り注ぐ日、狼たちは狩りをしない。

巣穴の中で空腹に耐えながら、狼たちはじっと待っている。

息を潜め、狩りを行うことの出来る、晴れ間の覗くその時を。

御眷属様に詳しい、ある方から聞いた話である。

だから私は帰り際に「三峯の分社に行きませんか」と振った。

邪に属するものは狼を恐れる。

そして、結果的に安生さんとは、それきりになったのである。


時列系を元に戻そう。

先の安生さんとの採話は初夏だったので、酷暑が当たり前となった昨今の夏は外出に向かない。気温が落ち着く初秋の頃を見計らい、私は安生さんに再取材を申し込んだ。ところが何度も声掛けをしたにもかかわらず「体調不良」「気分が塞いでいる」等の理由で色よい返事が来ない。初回には先方から熱心な働き掛けがあったことを考えれば奇妙な話である。やがて翌年発売の異談集の編纂に入らなければいけない時期となり、取材は、翌年に繰り越しという形になった。

ところが春先になって話を振っても、安生さんからは体調不良を理由に良い返事がもらえない。貴人の高級霊が背後にいるという前提の割に妙だなと思っていると、前回から一年を経過した辺りで、奇妙な問い合わせのメッセージが届いた。

「……ご無沙汰しております。突然ですが、籠さんが採用しなかった私の体験談を、他の怪談作家様にお譲りしたいのですが、宜しいでしょうか？」

はて、安生さんは体調不良で動きが取れないのでは、という疑念が湧いた。

どうやらこの方は、何かの目的で近付いてきたものの「こっちに話を提供しても利益がない」と先の時点で判断した様子である。

「結構ですよ」と返信すると「申し訳ありません」と、ただひと言。


「狼信仰」には良縁を結んでくれるというご利益が謳われている。

三峯神社には御仮屋に向かう途中、縁結びの社というものがあり、大勢の参拝者で賑わいを見せているのだが、実は狼による縁結びは、悪縁切りに属するともいわれている。どうやら「狼＝御眷属様」が悪いもの、悪縁を持つ者を退けるので、良縁を持つ者だけが周囲に残るという理屈になるらしい。

これを当てはめて考えると、安生さんが取材を拒んでいた理由も透けて見える気がした。

安生さんは三峯の分社に行けないか、行きたくないのだ。

「けもの憑き」というワードが浮かんだ。

あの熱量を感じさせない話の数々、そして複数の怪談作家に自身の体験談を売り込もうとする姿勢から、既に私は件の後ろの貴人が性質の良いものとは思えなくなっていた。取材時に安生さんは「祀られなくなった沢山のお稲荷さんを天に還してあげている」と豪語していたが、かつて神格であったものを、霊感が強いだけの素人が何とか出来るものなのだろうかというと「出来ない」という御意見を複数のプロの方から戴いており、そういう方はむしろ誑《たぶら》かされているのでないかというのである。

これは、深入りをしてはいけない類の懸案だと私は判断した。

そしてここまでなら、怪談執筆者として、よくあることのひとコマで片付けられたのかもしれなかったのだが。

その年の十一月。

異談集の原稿がひと息ついた時点で、私は三峯から御借受けしていた「狼札」の更新のために、翌日の登山の支度をしていた。

初めの頃こそ自家用車で神社駐車場まで乗り付けていた御眷属拝借であるが、いつの頃からか、御眷属の更新には大輪の正参道から徒歩で登って狼札をお迎えするのが自身の習わしとなっていた。正参道から三峯神社までの道程は約二時間半から三時間。登山でいえば中級コースに当たるらしい。さて、リュックに装備を詰めて支度をひと通り終え、翌朝が早いのでベッドに向かおうとした。

まさにそのタイミングで、スマホのＤＭ着信音が鳴り響いた。

現在でも何人かの体験提供者様との連絡は、この機能を利用している。誰からの着信だろうと画面を開いた私の頬が引き攣った。

それは、安生さんからのメッセージだった。

初回の採話から既に一年半、そして他の怪談作家に体験談を提供するというＤＭがあってからでさえ八か月の時間が経過している。今さら私に何の用があるのかと画面を開くと、そこにはこんな文面が綴られていた。

「……お待たせいたしました。ようやく準備が整いましたので、体験談の続きをお話ししたいと思います。明日、前回と同じ時刻に駅前にお出で下さい。宜しくお願い申し上げます……」

思わずリビングの壁時計を見た。

夜の十時二十分である。こんな時間にいきなりＤＭを送り付け、翌朝取材に来いと申し出てくるなど、常識はずれにも程がある。

同時にぞくりと鳥肌が立った。

どうして狙いすましたかのように、このタイミングで、安生さんはメッセージを送ってきたのだろうか。

思わず狼札を祀っている神棚を振り仰ぐ。

私は反射的にスマホ画面に、明日は三峯の御眷属様の更新があるので、そちらには出向けない、そもそも体験談は他の方に渡したと聞きましたが、今になって、どういうことなのでしょうという疑問の返信を綴った。

しかし。

「明日でないと困るのです。何とかお願い出来ないでしょうか？」

そんな文面だけが淡々と戻ってくる。なにやら薄気味が悪い。

狐狸に化かされているような感覚が走った。

「……安生さん、あなたは私がなぜ狼を拝借しているかを御存じで、そんなことを仰っているのですか？　高級霊が背後にいると言う割に、いつもご自身の都合ばかり掲げて、こちらのことなど微塵《みじん》も考えておられないですね。でしたら今後の付き合い方を考えなくてはいけないと判断します」と、やや強めの返事をすると、突っ込みどころを失ったのか、安生さんからは「申し訳ありませんでした。このことは忘れて下さい」という、素っ気ないひと言が返ってきた。

忘れろとは、どういう意味なのか。

実は、複数のプロの方から、こういう話を耳にしたことがある。

それは「自称霊能者」を名乗る方で、予知や占いもそれなりに的中するのだが、その力の源になっているのは「狐狸」、いわゆる動物霊・もののけであり、からかわれているだけ、という話である。

それらのあやかし・妖魔は取り憑いた人間を持ち上げるだけ持ち上げて、絶頂の最中で憑依した者から離れてしまうそうで、後ろ盾を失った「自称」さんは慌てふためき、様々な小細工を労するようになるが、やがてそれらの誤魔化しが露見し、持ち上げた周辺ともども奈落へと落ちていく。

そんな人間らのあわてようを、彼らは腹を抱えて笑っているというものである。

そう考えると、安生さんが霊感者として複数の怪談作家に体験談を提供したという、詐欺紛いの行為も頷ける。怪談綴りは常に新しい話を欲しているから、今回のような申し出に対して是非もなく食い付くに決まっている。その末にトラブルが生じて関係が険悪になるということがわかり切っているからだ。その観点から測ると、証拠こそ挙げることはできないが、今回の件は、始めから仕組まれた茶番に思えて仕方がない。

悪意が、こちらに笑みを浮かべている。


そしてその晩、私は妙な夢を見た。

起き抜けの瞬間、内容はぼやけてしまったが「今回の三案は、更新を終えたら、そのまま帰れ」という意味合いを言い含められるものであった。

翌朝。

目が覚めると予定していた出発時刻を、既に一時間も過ぎている。

日を跨ぐまで続いた、安生さんとのやりとりのせいであった。

まるで御眷属様の更新を妨害されているかのようだと気が付いて、腸《はらわた》が冷えるような感触を覚えた。実は、我が家から三峯までは三時間かかる上に、大輪の正参道から神社までの登山道が二時間半、合計五時間半の時間を必要とする。

ところが昨晩は、先の突然のＤＭのやり取りで、四時間ほどしか睡眠が取れていない。前日まで仕事をしていてその睡眠時間では、山道の途中でバテかねない。ヘタをすれば足を滑らせて遭難する。


(何のために、そんな真似を……)


関越道を突っ走りながら口走って、再び臓腑が冷たくなった。

それは私自身が、これまでの著作の中で常々語っていたことなのだが、他人の因縁にずかずかと首を突っ込んで、それを再現させるのが生業の怪談綴りが、こちら側だけ何も起きないと思うのは大間違いではないかという疑問である。

「あちら側」もこちらを見ている。

もしも、奈落を強引に覗き込もうとする輩が居れば、向こう側としても、それがどんな奴なのかと、様子を窺いに来るものではないのだろうか。

問題は安生さんのいう、背後の人という存在だ。

「そいつ」はひょっとしたら、怪談を生業とする私のような人間を、からかうだけのつもりで呼びつけたのかもしれない。

ところが私の方が、予想外に慎重で食い付きが悪かった。

これでは面白くないのでひと泡吹かせようと「話を他の作家に譲る」と揺さぶりを掛けたが、こちらも効果がなかった。だから今度は、御眷属様の更新の邪魔という手法に切り替えたのかもしれないと考えたのである。

それが閃いた時、夢の中の啓示が現実と化した。

いつものように高速道路を百キロ超で走るのが突然恐ろしくなり、私は車を一番左の車線に寄せ、何が起きても躱《かわ》し切れるギリギリの低速にまで速度を落とした。

不穏さは関越道を下りて、奥秩父まで来ても付き纏った。

安全運転に徹した結果、大輪の正参道入口に辿り着いた時間は普段よりも二時間遅くなってしまった。夢見も悪く睡眠不足なのに到着も遅れているのだから、今回は正参道からの参拝は止めて、まっしぐらに神社へ向かうのが正解と思える。

それでも、数か月に一度の山登りの機会であり、ここを逃すと身体が鈍ってしまう。無理を承知で、いつも利用している正参道の有料駐車場に車を乗り入れた。

ところが午前十時に差し掛かろうというのに、駐車場の料金箱が見当たらない。荒川に架かる登竜橋やその周辺を散策している観光客はほんの十五、六分という感じに無賃で車を停めている様子だが、私の駐車時間はまる一日である。それはどうなのかということと、睡眠不足で事故を起こしかねない体調、そして今朝方の夢見。この状況はまさにその通りなのではないだろうか。

やはり駄目なのだ。

私は妖怪に数々の妨害を受け、やっとの思いで三峯へと辿り着いた元自衛官のことを思い起こし、その日の正参道からの参拝を諦めた。

テレビやインターネットで次々と取り上げられたせいで、昨今の三峯神社併設の駐車場は朝早くから満杯である。私が大輪の登山道を利用するのもこれが理由のひとつなのではあるが、紅葉の美しいこの時期だから、入口でかなり待たされるだろうと予想していたら、こちらはあっけなく駐車場に入れた。

境内は既に大勢の参拝者で賑わっていて、拝殿には長蛇の列が出来ていたが、どういうわけか昇殿予定者の方は数が少なく、社務所に申し込みをして三峯興雲閣《こううんかく》のソファに腰掛けると、ひと息つく間もなく呼び出しのアナウンスが流れた。

何から何まで、流れがいつもと違っている。

三峯神社の象徴とも言うべき立派な随神門を潜ってから、あの不穏な気配は感じなくなった。ここは屍肉を漁る黒い怪物をひと噛みで屠《ほふ》り、イズナを操る呪術師の使い魔も尻尾を巻いて逃げ出す、巨大な神狼のおわす場所なのだ。

実は、この場には書き起こせないことではあるが、私は三峯の狼とは、ある奇妙な関係がある。そのためなのか、この場所で何度も不思議な体験をしているのは本書にも紹介した。とはいえ、武蔵御嶽山を舞台とした小説家の浅田次郎氏の作品の中にも「お犬様の霊威を凌ぐ強力な野狐」が登場する挿話がある。相手がそういった類のものと仮定すれば大変である。

私のような怪談綴りが常に相まみえているのは、まだ科学では説明のつかない事象そのものなのだから。

社務所で更新された狼札を受け取り、これだけはどうしてもと、デビュー前からお世話になっている売店のおばさんに持参した土産を渡しに行くと、何とここでもおばさんの姿はなく、見知らぬ男性がレジに立っている。

こんなことも初めてであった。呆気に取られっぱなしだ。

（これはもう、とにかく今日は帰るべきだ）

売店での狼グッズ漁りに時間をかけるのも取り止めて、私は拝殿に向かって一礼すると随神門を抜け、その足で駐車場に向かい、車を発進させた。

そのまま猛スピードで自宅まで戻り、と締め括りたいところなのだが、実は話はまだ終わらなかった。いつもであれば長瀞あたりまで空いている国道百四十号を制限時速ギリギリの低速で走り、丹波山村に赴任した学芸員の寺崎さんと狼信仰について熱く語り合った食事処で昼食をとり、その時の思い出に耽《ふけ》るというルーティーンも、この日は一切無視した。とにかく余計なことをしてはいけない。

スピードの出し過ぎでハンドル操作を誤るかもしれない。対向車線の車が突然こちらに飛び込んでくるかもしれない。食事をとっている時に、突然隣のテーブルの客が箸やナイフを振り翳《かざ》してくるかもしれない。食べたもので食中毒を起こす可能性もなくはない。

この日の花園インターまでの道程は、気が遠くなるほど長く感じた。

関越道に乗ってひと息つき、そこからまた思い直して踏み込んだアクセルを緩め左車線に寄り、再び速度を八十キロに抑え込んだ。

もしもこの車に同乗者が居たとしたら「道が流れているのに、なぜこんなに遅く走るのか？」と私のことを不審に思っただろう。

まだ終わっていない。そんな予感がする。

右側二車線の走行車線を無数の車がひょいひょいと追い越していく。

こちらの速度はまるで亀の歩みだ。

（まだ嵐山小川《らんざんおがわ》か……）

やはり思い過ごしじゃないかという誘惑が脳裏を過る。

ここで怖ろしい眠気が襲ってきた。余計なことを考えずに、アクセルを踏み込みスピードさえ上げれば、あと一時間で自宅まで辿り着くぞという考えが脳裏を掠めていく。昨晩のDM騒動で満足な睡眠が取れなかった私は、登山コースを諦めたにもかかわらず、この時点でかなり疲労していた。時刻は既に午後四時半。いつもであれば大輪の正参道を登山していても、既に自宅に到着している時間だ。

その疲労感が、私の張り詰めた緊張を駆逐しようとする。

スピードを出そう、いや止めようと、心がせめぎ合うその刹那。

右側二車線を走行する車と車の列の隙間から、突然、何かが転げ出てきた。

長さ一メートル、太さ十センチ程の鉄パイプだ。

「うわっ！」

慌ててハンドルを左に切る。

路側帯部分の余白があったので、衝突は何とか避け切れた。

だが後輪は転がるパイプの上に乗りあげ、車体が「どん」と大きくバウンドする。

「あはは」と誰かが嘲笑した。

ガラン、と音を立てて路側帯の壁にぶつかり止まった鉄パイプをサイドミラーで見ながら、私は「何なんだ、あれは?」とうわ言のように呟いていた。

一番近くのパーキングエリアに停車して、車の損傷を確認する。

幸いなことに、低速運転に徹していたので車体には凹みもパーツの損傷も見られない。ホッと胸を撫で下ろしながら、いつも通りのスピードで正面からあのパイプに衝突していたら、大事故になっていた可能性があった。「気を付けろ」的な前振りがあったからこそ、避けられたのは間違いない。

そもそも三車線ある関越道の、百キロ以上で走っている車と車の隙間から、どんなタイミングを見計らえば、私の目の前に、あんな鉄パイプが転がり出てくるというのか。疑問を挟む余地はない。

とにかく真っ直ぐ帰るべきなのだ。

眠気もすっかり吹き飛び、私はハンドルを握り直すと「おっしゃ」と気合を入れて車を発進させた。

それが相手側の最終の一手だったのか、私が警戒し直してしまったせいなのかは不明だが、そこからは何も起きることがなく、自宅に辿り着いたのが午後六時半。出発から、既に十三時間を経過していた。

ところでこの年は、様々な日程の関係で、別月であったはずの三峯の御眷属様の更新と、武蔵御嶽神社の御眷属様の更新が同じ月に重なってしまっていた。もちろんそのことは事前に把握していたので、予算も予定も調整済みである。武蔵御嶽での更新は、この事件から二週間後の日曜を予定していた。


その前日の早朝。

スマホのＤＭ着信音が鳴り響き、そこにはまた安生さんからのメッセージが。

「……重ねて何度も申し訳ありません。先日の件ですが、改めて今度の日曜日にお越しください。その日でないと困るので、どうぞ宜しくお願い申し上げます…」

メッセージを開いた瞬間「それ」は確信へと変わった。

あの関越道で聞いた嘲笑が、スマホ画面の向こうから聞こえたような気がした。

私は現在、この安生さんとの関係を、一切断っている。

孫娘

亜子さんが、祖母の三回忌に参加した時のこと。

彼女の実家は、嫁ぎ先から少々離れている。そのため、日帰りという日程で往復するには多少の無理があり、祖母が亡くなった時には葬式に出向いたが、法事となると参加は難しい。ところがその年は、仕事の合間に上手く四日間の有休が取れて、法事に出られることになった。

その地域では、菩提寺となっているお寺の祭壇に位牌を供えて住職が経を読むのがしきたりのため、父親が仏壇に納めている位牌を紫色の布で包み、両手に抱えて弟の運転する車に乗り込んでの出発である。

ところが、ご住職が現れて、経を読み上げる段階になった時点で、肝心の位牌が見当たらない。父親がここまで両手に抱えて持ってきたのは大勢の親類が目撃していたのに、位牌の置いてあった場所には、それを包んでいた紫色の布があるばかり。本堂内が大騒ぎになった時、ふと祭壇の方を見た父親が「あっ」と声を上げた。

「亜子、お前ちょっと、車の中見てこい」

「ええ、どうして？」

亜子さんは首を傾げた。彼女も父親が本堂まで位牌を持ってきているのを見ているから、車の中など探してもあるわけがない。

「いいから。絶対そこにあるから」

それでも納得がいかないと口を尖らせていると、横から弟がニヤニヤ笑いながら口を挟んだ。

「姉ちゃんに運んで欲しかったんだよ」

ぶつぶつと文句をいいながら弟から車の鍵を受け取って駐車場まで戻ると、果たして祖母の位牌はリヤシートの上にちょこんと乗っていた。

「あった」

首を捻りながらみんなのところに戻ると、父親と弟がぼそりと呟いた。

「やっぱり。実の子より孫かよ」

「祖母ちゃんは、姉ちゃんのことが大のお気に入りだったからな」

そんなこんなで、彼女が祭壇に位牌を供えたそのとき、親類達の居並ぶ本堂の一番後ろで、にっこりと笑いながら頭を下げる老婦人の姿が目に入った。

亡くなった祖母の姿であった。

「五で始まる」異談会（追）

早いもので、二〇二〇年に産声を上げた私の異談シリーズも、本書を含めて通算六冊目の発刊となった。

以前、別レーベルに原稿提出した当時は「人が死なない」「神仏とかいるわけがない」「怪談の部類に入らない」と酷評された数々の取材談が、時代の流れに受け入れられた形で、とても嬉しく感じている次第である。

ところで、私自身の最も古い怪談書籍の記憶というと、それは通っていた小学校の図書館に蔵書として置かれていた、ラフカディオ・ハーンの『怪談』である。

「耳なし芳一の話」「むじな」「食人鬼」「雪女」、その書籍の内側には幽霊・妖怪・神仏・あやかしが混同して繰りなす異空間があった。

そしてそのハーンの世界観がそのまま怪談の定義となった私にとって、先に付いた評価はどうにも首を傾げたくなる内容にしか聞こえなかった。

いつの間に怪談の世界観は、そんな風に変容してしまったのか？

神仏や妖怪らしきものとの遭遇談が怪談でないとしたら、それらの体験はどこに収まるべきなのか。

もう一度、怪談というものの原点に立ち返ってみるべきではないか。


そんな理由で私の異談集は、ハーンの著書から多大な影響を受けている。とはいうものの、先に「怪談ではない」と断言されてしまっている以上、別の呼称を取るべきと考えて異談と銘打った。

そして、そこに読者から多くの反応と共感を頂けているのも超自然の存在、未知なるものに対する読み手側の、巷に流布する怪談とは別の「無意識なる畏怖《いふ》」を駆り立てているせいでは、と考えたりもする。


そうした幅広い体験談の再現を描く以上、取材した話は特別な理由でもない限り、その骨子や流れ、そしてオチに相当する部分を勝手に変更するわけにはいかない。私自身の体験談にしても、紙面の都合や守秘義務に差し障りない限り、ギリギリの部分までの再現性を試みているわけであるが、実はここにも見えない落とし穴が存在する。

実は、複数の「そちら関係の方」から、再現性の純度の高い話は障ることがあるので、元ネタの原型がないほどかけ離れなければ「フェイクを混ぜた方が無難」だという指摘があったのだ。それはたとえばこんな感じでもいいらしい。

「……『これはあくまでもフィクションです。』横浜市・港北に自殺者の多発する陸橋があり、××年前、ここから男性の飛び降り自殺があって、その事件がきっかけとなり、この自殺者が同じような境遇の人々を引き込んでいるのではと……」

つまり『』の句だけがフェイクなのであるが、読み手が「なんだ作り話か」と先入観を持つことで話の障りを軽減出来るというのである。ええ、たかがそんな程度で、と信じられない方がいらっしゃるかもしれない。

ただ、これと同じ手法は確かに存在する。

陰陽道の方違《かたたがえ》である。

男性と女性を入れ替える、事件の時刻を微妙にずらす。

仮名を使う。事件現場の場所をぼかす、あるいは変える。

これらは守秘義務以外の用途で「障り封じ」としても有効な方法らしく、そしてそれらを駆使してなお、出来上がった物語には違和感を感じさせない。それが執筆者の力量であり矜持ではないかと私は考える。

これらを駆使したデビュー作『方違異談』のタイトルは、そんな意味合いに由来したものだ。


ところで、先ほどの障るという事象であるが、これはどうも悪い方向ばかりに作用するものでもないらしい。神仏奇瑞の類はどちらかというと隠す部分が少ない方が心に響く。そんな理由で細かなことを除いてほぼストレートに起きたことを書いているのだが、そういった話に関わっていると、やはり影響を受けるらしく、諸々知らぬうちに振り回されているということも起きてくる。


令和六年・九月二十三日。

東京都葛飾区にある陰陽師・安倍晴明公を開祖とする『五方山《ごほうざん》・葛飾熊野神社』にて、本書でも登場する画家の西川果歩さんをゲストに「熊野祭異談会」というものが企画され、私としても、神社としても初めての催しだったにもかかわらず、怪談ファンを初めとした大勢の来場者があり、宮司さまやスタッフの方から「大好評でした」との言葉を賜《たまわ》った。

実は、デビュー作の『方違異談』の発売以来、陰陽道のヒーロー・安倍晴明公にちなんで、私は異談シリーズのヒット祈願をずっとこの熊野神社で行っていて、その都度、著書を奉納している。

宮司の千島さんは大変懐の深い方で「怪談本のヒット祈願などしてもらえるだろうか」と戦々恐々としていた頃が今では懐かしい。ところが、四冊目までは「とても面白いですね」と仰っていただけの千島さんから、令和六年発売の『首塚の呪術師』の祈願の後「相談したいことがある」という旨のメールを編集部経由で突然頂いた。

実はその相談事とは、神職研修時代に神田明神に奉職していた千島さんが「首塚を占有していた例の人物」のことをご存じであり、五冊目の異談シリーズに書かれた内容にとても驚かれ、本年開催される熊野祭の一環として「氏子さんらに神仏奇瑞を語る異談会を神社で開催してもらえないか」という依頼内容だったのである。

果たして、ヒット祈願をお願いしていた神社の宮司さまが、あの呪術師のことを知っていたのは、どれだけの偶然だというのだろう。

しかも葛飾熊野神社は安倍晴明公を開祖としていて、そのトレードマークである五行や五芒星を連想させる「五角形の敷地の境内」を持つ神社であり神紋は五角形に八咫烏《やたがらす》。そして『首塚の呪術師』は私の五冊目の著書だったのである。その偶然に気が付いた時、私自身も畏《おそ》れのようなものを感じずにはいられなかった。

なぜなら『首塚の呪術師』は二〇〇六年開催の竹書房・怪談著者公募企画『第一回・超-1』が初出であり、そこでついた感想は「こんな話があるわけがない。創作臭い」というものが殆どという、評価の低いものだったからだ。

ところがそれから十八年後、この作品は世間から再評価を得て、更には神社での異談会の開催という栄誉まで、もぎ取ってしまったことになる。

五角形の敷地を持つ神社で、五冊目の著書で五年目に。

もちろん、超自然や心霊現象を信じない現実主義者の方々からすれば「それは単なる偶然に過ぎないでしょ」ということになるのだろうが、ここにもうひとつ、私個人として、それでは済まされない事情が付随している。

それは前述の『首塚の呪術師』事件に関わっていた頃から、私は首塚保存会の会員でもあった。だが、以前の保存会はあくまで有志の団体であり、物語の舞台でもある大手町の将門塚《まさかど》の式典には、役員や来賓以外の参加は出来ず、どんなに切望しても、それに参加することは叶わなかった。

ところが。

令和五年に首塚保存会は法人団体へと代わり、令和六年から会費を納めることによって一般会員も式典参加が可能になり、玉串奉奠《たまぐしほうてん》が出来るとの通知が届いたのだ。

十八年前に世に出た将門塚を舞台とする異談が、世間の再評価を得られたその年に将門塚祭への正式参加を許される。塚に玉串を捧げて御礼が出来る。これもまた、どのようなタイミングの偶然なのだろうか。

常日頃「彼らは見ている」と著書の中で謳っている自分自身が、そんな有り得ない偶然に対して、すっかり竦んでしまった。

そして、令和六年・九月二十五日。

大雨の降り頻る中、将門塚祭はしめやかに行われ、私は、あの「百パーセントの場所」とさえいわれた首塚に玉串を捧げることが叶ったのである。初めて将門塚を訪れた時に「将門さまは神様なんだから、ちゃんと見ていらっしゃる」と、塚に触れさせてくれた男性の姿が脳裏に蘇ったことはいう迄もない。

あれは本当に、どういった方だったのだろうか。

そしてまた、旧暦ではあるのだが、先の葛飾熊野神社の開祖である大陰陽師・安倍晴明公の没年は寛弘二年・九月二十六日。つまり将門塚大祭の翌日に熊野神社の晴明公命日祭が行われる予定でもあったのだ。もちろんこちらにも足を運んで、神社拝殿の晴明公の像に玉串を捧げてきた。

たまたまこの期間が前職場から次職までの合間であったために、両方の式典に参加できたわけで、こんなウルトラCは例年だったら当然不可能なことである。

たまたま。偶然。たまたま。

しかし偶然やたまたまも、三つ以上重なってしまうと、それは天文学的に恐ろしく低い確率となって偶然やたまたまとは呼びにくくなるらしい。それは「シェルドレイクの仮説／直接的な接触がなくても、ある人物やものに起きたことが、他のものにも伝播する」のような、まだ知られていない、未知の法則が作用しているのでは、という方もいる。すると、この令和六年に私の身辺で起こった、一連の不思議な偶然の連続は、そうした類のものだというのだろうか。

よい方の障り。そういうものは、やはり存在するのかもしれない。

そして、このあとがきめいた駄文の締めとして、この話を紹介しておきたい。

先の熊野祭異談会の打ち合わせを、私と西川さんと竹書房編集のOさんとで計二回行ったのだが、その二回目のときのこと。

新お茶の水にある某喫茶店に集合、台本的な全体の流れを話し合い、それぞれのパートを決めて持ちネタを語るということになったのだが、肝心の演目について編集のOさんから「いまひとつパンチが足りないので、冒頭でなにか怖い話を語って、場の雰囲気を掴みたい」との駄目出しが出た。

とはいっても、いきなり振られてすぐに妙案など出るわけがない。

限られた時間内で大ネタを語るのは無理である。手短でキレがあって、あまり血みどろでもなく、そして怖い話――。

　私も西川さんも首を捻ってしまった。

「そんなにすぐに出てくるものでもないですから、宿題にしましょうか」

　煮詰まった空気を払拭すべく、Oさんがそういった刹那。

　――それは突然降ってきた。

「あの、雨月物語シリーズの『身固異談』に『五で始まる』ってタイトルの話がありまして、四ページくらいの長さなので、ちょうどいいかと思いますが」

「それ、どういう話でしたっけ」

「山神との契約を破った村で『五』という数字に関わる子供が、次々に亡くなっていく話なんですけど……」

「それだ、それで行きましょう！」

　こうして熊野祭異談会の露払いは「五で始まった」のである。

　ここでも「五」という数字が付き纏ったのは、単なる偶然なのだろうか。

　すべてが始めから、綿密に組まれていたような偶然。

もはや私はそれを、偶然という単純な言葉で括りたくはないのである。
偶然の結果でも「なぜ」という疑問を追究したことが、新しい道を開いた。
（アルベール・カミュ）

★読者アンケートのお願い

本書のご感想をお寄せください。アンケートをお寄せいただきました方から抽選で5名様に図書カードを差し上げます。

（締切：2025年3月31日まで）

応募フォームはこちら

現代異談　北関東心霊地帯

2025年3月7日　初版第一刷発行

著者……………………………………………………………………………籠三蔵

カバーデザイン……………………………………………………橋元浩明（sowhat.Inc）

発行所……………………………………………………………………株式会社 竹書房

〒102-0075　東京都千代田区三番町8-1　三番町東急ビル6F

email: info@takeshobo.co.jp

https://www.takeshobo.co.jp

印刷・製本……………………………………………………………中央精版印刷株式会社